SHERIDAN LE FANU

Carmilla

A VAMPIRA DE KARNSTEIN

Tradução
UBK Publishing House

ubook ubk Publishing House

COORDENAÇÃO Alessandra Brito
EDIÇÃO Fernanda Barreto
COPIDESQUE Kamila Wozniak
REVISÃO Brenda Yoshioka
CAPA E PROJETO GRÁFICO Clarissa Duarte
IMAGENS DE CAPA FlexDreams | Adobe Stock
JessicaHyde; Parfonovaluliia | iStock
DIAGRAMAÇÃO Cristiano Marques
IMAGENS DO MIOLO Garry Killian | Freepik | Yoko Design
Shutterstock | Wikimedia Commons

Dados Internacionais de Catalogação na Publicação (CIP)
(Câmara Brasileira do Livro, SP, Brasil)

Le Fanu, Sheridan
Carmilla : a vampira de Karnstein / Sheridan Le Fanu ; tradução UBK Publishing House. – Rio de Janeiro : Ubook Editora, 2022.

Título original: Carmilla

ISBN 978-85-9556-409-1

1. Literatura 2. Ficção irlandesa I. Título.

22-99669 CDD-Ir823

Índices para catálogo sistemático:

1. Ficção : Literatura irlandesa Ir823

Cibele Maria Dias - Bibliotecária - CRB-8/9427

Ubook Editora S.A

Av. das Américas, 500, Bloco 12, Salas 303/304,

Barra da Tijuca, Rio de Janeiro/RJ.

Cep.: 22.640-100

Tel.: (21) 3570-8150

"Funeral", ilustração de M. Fitzgerald para *Carmilla*, em *The Dark Blue* (janeiro de 1872).

Sumário

prólogo

Em um documento anexo à narrativa que se segue, o doutor Hesselius escreveu uma nota bastante elaborada, na qual faz referência ao seu ensaio sobre o estranho tema tratado no manuscrito.

No ensaio, ele aborda este tema misterioso com sua habitual sapiência e perspicácia, e com uma franqueza e brevidade admiráveis. O texto fará parte de um dos volumes da série de documentos recolhidos por esse homem extraordinário.

Ao publicar o caso neste volume, simplesmente para interessar aos "leigos", não me precipitarei em nada à senhora inteligente que o descreve; e, após a devida consideração, decidi, portanto, abster-me de apresentar qualquer panorama do raciocínio do erudito doutor, ou de expor excertos de sua declaração sobre um assunto que ele descreve como "envolvendo, não improvavelmente, alguns dos arcanos mais profundos de nossa dupla existência, e seus intermediários".

Eu estava ansioso para estudar este trabalho e para reabrir a correspondência iniciada pelo dr. Hesselius, tantos anos antes, com uma pessoa tão astuta e cuidadosa como a sua informante parece ter sido. Entretanto, para meu pesar, descobri que nesse ínterim ela tinha morrido.

Talvez ela pudesse ter acrescentado pouco à narrativa que se apresenta nas páginas seguintes, com, até onde posso pronunciar, tal particularidade minuciosa.

1

CAPÍTULO 1

O PRIMEIRO SUSTO

Apesar de não termos muitas riquezas, moramos em um castelo, ou *schloss*[1], na Estíria. Uma pequena renda, nessa parte do mundo, é suficiente, e oitocentas ou novecentas libras por ano fazem maravilhas. Nossos rendimentos não nos colocariam entre as pessoas ricas em nossa terra natal. O meu pai é inglês, assim como meu sobrenome, embora nunca tenha visto a Inglaterra. Porém, aqui, neste lugar solitário e primitivo, onde tudo é tão maravilhosamente barato, eu realmente não vejo como mais dinheiro poderia acrescentar materialmente ao nosso conforto, ou até mesmo em luxo.

Meu pai serviu o exército austríaco e aposentou-se vivendo com a renda de uma pensão e seu patrimônio. Comprou esta residência feudal, e a pequena propriedade em que ela se encontra, por uma pechincha.

Nada pode ser mais pitoresco ou solitário. A propriedade fica em uma pequena elevação na floresta. A estrada, muito antiga e estreita, passa em frente à ponte levadiça, que nunca vi ser levantada, e também passa pelo canal, com suas águas povoadas de percas e muitos cisnes que flutuam por entre as frotas brancas de lírios d'água.

---

1 Termo em alemão para uma construção semelhante a um castelo ou *château*. [N. E.]

Acima de tudo isso, o *schloss* mostra sua fachada de vastas janelas, torres e uma capela gótica.

Em frente à entrada principal, a floresta leva a uma clareira irregular e muito distinta, à direita, uma ponte gótica, íngreme, conduz à estrada sobre um riacho que serpenteia em sombras profundas através da mata. Acho esse lugar muito solitário, veja se não tenho razão. Olhando da porta do corredor em direção à estrada, a floresta se estende por 25 quilômetros à direita, e vinte à esquerda. A vila habitada mais próxima fica a cerca de onze quilômetros à esquerda. O *schloss* mais próximo, e de alguma relevância histórica, é o do velho general Spielsdorf, a quase trinta quilômetros à direita.

Eu disse "a vila *habitada* mais próxima" porque na direção do *schloss* do general Spielsdorf, apenas cinco quilômetros para o oeste, fica uma aldeia em ruínas, com uma igreja minúscula e exuberante, no momento sem teto, em cujo corredor se encontram as tumbas corroídas da orgulhosa família de Karnstein, já extinta, que outrora habitava o igualmente desolado castelo em meio à densa floresta com vista para as ruínas silenciosas da cidade. A respeito do motivo da deserção deste lugar marcante e melancólico, há uma lenda que contarei mais tarde.

O que posso dizer no momento é que a nossa família, morando no castelo, é muito pequena. Não estou incluindo os criados ou aqueles parentes que ocupam os quartos nas áreas anexas ao *schloss*. Ouçam e pasmem! Meu pai, que é o homem mais bondoso da terra, está envelhecendo; e eu tenho dezenove anos, no momento em que escrevo minha história. Oito anos se passaram desde então.

Eu e o meu pai constituímos a família no *schloss*. Minha mãe, uma dama da Estíria, morreu quando eu era criança, mas eu tinha uma governanta muito atenciosa que cuidou de mim, posso quase dizer, por toda a minha infância. Não consigo lembrar da época em que seu rosto rechonchudo e benevolente não era uma imagem familiar na minha memória.

Ela era madame Perrodon, nascida em Berna, cujo cuidado e gentileza em parte atenuou a perda da minha mãe, de quem já nem me lembro mais por tê-la perdido tão cedo. Ela ocupava o terceiro assento na nossa singela mesa de jantar. Havia uma quarta pessoa, mademoiselle De Lafontaine, que nos termos de hoje, creio eu, era considerada "preceptora". Ela falava francês e alemão; madame Perrodon, falava francês e um pouco de inglês. Meu pai e eu usamos o inglês para nos comunicarmos todos os dias, em parte para evitar que se tornasse uma língua perdida entre nós, e em parte por motivos patrióticos. A consequência era uma Torre de Babel, da qual os visitantes riam, e que não farei qualquer tentativa de reproduzir nesta narrativa. Além disso, havia duas ou três jovens amigas, quase da minha idade, que eram visitantes ocasionais, por períodos mais ou menos longos; e, a essas visitas, eu às vezes retribuía.

Esses eram os nossos círculos sociais cotidianos; mas é claro que alguns "vizinhos", que moravam a 25 ou 29 quilômetros de distância, faziam visitas esporádicas. Contudo, posso assegurar que minha vida foi, apesar disso, bastante solitária. Minhas governantas tinham pouco controle sobre mim, como se eu fosse uma menininha bastante mimada e que tinha um pai para fazer todas as suas vontades.

O primeiro acontecimento da minha existência, que produziu uma impressão terrível na minha mente, a qual, na verdade, nunca foi apagada, foi um dos primeiros incidentes de que me recordo em minha vida. Algumas pessoas vão pensar que nem deveria ser registrado aqui, de tão insignificante. Contudo, verão eventualmente por que menciono isso. O berçário, como era chamado, embora eu fosse a única a utilizá-lo, era uma grande sala no andar de cima do castelo, com um teto íngreme de carvalho. Eu não tinha mais que seis anos, quando acordei em uma noite e, olhando em volta do quarto, não consegui ver a ama. Nem a minha babá estava lá; eu me encontrava sozinha. Não me assustei, pois eu era uma daquelas crianças felizes que são cuidadosamente mantidas na ignorância de histórias de fantasmas, contos de fadas e de toda lenda que nos faz esconder a cabeça quando a porta faz um barulho estranho de repente, ou a chama bruxuleante da vela faz a sombra da cabeceira da cama dançar pela parede, bem próximo do nosso rosto.

Percebi ter sido negligenciada, logo me senti irritada e insultada, e comecei a choramingar, preparando-me para fazer uma birra sem tamanho; quando, para minha surpresa, vi um rosto solene, mas muito bonito, olhando para mim do lado da cama. Era uma moça jovem que estava ajoelhada, com as mãos debaixo do cobertor. Olhei-a maravilhada e parei de choramingar. Ela me acariciou, deitou ao meu lado na cama e me puxou para próximo dela, sorrindo; no mesmo instante, me sentia encantadoramente mais calma e adormeci de novo. Logo em seguida, despertei com uma sensação, como se duas agulhas fossem afundadas em meu peito, e chorei alto. A moça voltou, me olhou fixamente, depois escorregou para o chão e, como eu pensava, escondeu-se debaixo da cama.

Pela primeira vez, eu estava assustada e gritei com todas as minhas forças. A babá, a ama e a governanta entraram correndo e, ouvindo minha história, tentaram me acalmar de todas as formas possíveis. Porém, mesmo eu sendo criança, percebi que elas estavam com o rosto pálido, com um olhar de ansiedade incomum, e as vi olhando debaixo da cama, procurando pelo quarto, espreitando debaixo das mesas e dentro dos armários. A governanta sussurrou para a babá:

— Ponha a mão naquele lado da cama que está mais fundo; *com certeza*, alguém se deitou ali, o lugar ainda está quente.

Lembro-me da ama me acariciar, e das três examinarem meu peito, no ponto em que lhes disse ter sentido o furo, e dizer que não havia nenhum sinal visível de que algo assim tivesse acontecido comigo.

A governanta e as outras duas criadas, responsáveis pelo berçário, passaram a noite em vigília; e, desde então, uma criada sempre se sentava no berçário até meus catorze anos.

Fiquei muito nervosa por bastante tempo depois dessa situação. Um médico foi chamado, ele era pálido e idoso. Lembro-me bem do seu rosto comprido e taciturno, ligeiramente marcado pela varíola, e da sua peruca castanha. Por um bom tempo, a cada dois dias, ele vinha e me dava remédios, o que, claro, eu odiava.

Na manhã seguinte a essa aparição, eu estava aterrorizada e, por algum tempo, não suportava ficar sozinha, mesmo durante o dia. Lembro-me do meu pai vir até o quarto e ficar ao lado da cama, falar alegremente, fazer uma série de perguntas à babá e rir calorosamente de uma das respostas. Ele me deu palmadinhas no ombro, beijou-me e disse que eu não tivesse medo, que aquilo não passava de um sonho e que não me faria mal. Porém, eu não me sentia consolada, pois sabia que a visita da mulher estranha *não* tinha sido um sonho, e permanecia *terrivelmente* assustada.

Fiquei um pouco conformada com o fato de a ama do berçário ter me assegurado que era ela quem tinha vindo, olhado para mim e deitado ao meu lado na cama, e que eu devia estar sonolenta para não ter reconhecido o rosto dela. Mas, isso, embora a babá tenha confirmado a história, não me convenceu muito.

Lembrei-me, durante aquele dia, de um velho venerável, de batina preta, entrando no quarto com a babá e a governanta, conversando com elas e, muito amavelmente, comigo. O rosto dele era muito doce e gentil, e disse-me que estavam ali para rezar, juntou as minhas mãos e encorajou-me a murmurar, enquanto rezavam:

— Senhor, escutai todas as preces, em nome de Jesus.

Acho que essas foram as palavras dele, porque as repeti muitas vezes para mim mesma, e a minha babá me obrigou, durante anos, a repeti-las nas minhas orações.

Lembrei-me tão bem do rosto doce e atencioso daquele velho de cabelos brancos, de batina preta, enquanto ele estava naquele quarto frio, de teto alto e escuro, com a grosseira mobília, combinando com a moda de trezentos anos, e a escassa luz entrando na atmosfera sombria através da treliça estreita. Ele se ajoelhou, as três mulheres o acompanharam, e eles rezaram em voz alta, com um tom fervoroso e trêmulo, pelo que me pareceu ser muito tempo. Esqueci-me de toda a minha vida anterior a esse acontecimento e, por algum tempo depois, tudo ficou obscuro, mas as cenas que acabo de descrever destacam-se tão vívidas como as imagens isoladas de um teatro fantasmagórico rodeado pela escuridão.

2

CAPÍTULO 2

UMA HÓSPEDE

Vou lhe contar algo tão estranho que vai exigir toda a sua fé na minha honestidade para acreditar na minha história. Não só é verdade, como eu mesma testemunhei o acontecido.

Era uma agradável noite de verão, e meu pai me pediu, como às vezes o fazia, para dar um pequeno passeio com ele por aquela bela vista da floresta que ficava em frente ao *schloss*, como mencionei.

— O general Spielsdorf não chegará tão cedo quanto eu esperava — disse meu pai, enquanto prosseguíamos nossa caminhada.

O general viria nos fazer uma visita de algumas semanas, e esperávamos sua chegada no dia seguinte. Uma jovem senhorita viria com ele, sua sobrinha e pupila, mademoiselle Rheinfeldt, a quem eu nunca tinha visto, mas ouvira falar que era uma moça muito encantadora, em cuja companhia eu havia prometido a mim mesma passar muitos dias felizes. Eu estava mais decepcionada do que uma jovem que vive na cidade, ou em uma região movimentada, pode imaginar. Essa visita, que prometia trazer a nova conhecida, ocupava meus pensamentos durante muitas semanas.

— E quando é que ele vem? — perguntei.

— Não até o outono. Não pelos próximos dois meses, ouso dizer — respondeu ele. — E estou muito feliz, querida, que nunca tenha conhecido mademoiselle Rheinfeldt.

— Por quê? — perguntei, tanto mortificada quanto curiosa.

— Porque a pobre jovem está morta — respondeu ele. — Esqueci-me completamente que não havia lhe dito, mas você não estava na sala quando recebi a carta do general esta noite.

Eu fiquei muito chocada. O general Spielsdorf havia mencionado em sua primeira carta, seis ou sete semanas antes, que ela não estava tão bem quanto ele desejaria, mas não havia nada que sugerisse a mais remota suspeita de perigo.

— Aqui está a carta do general — disse ele, entregando-a para mim. — Receio que ele esteja em grande aflição; a carta parece-me ter sido escrita quase sem atenção.

Nós nos sentamos em um banco rústico, embaixo de um conjunto magnífico de limoeiros. O sol se punha com todo o seu esplendor melancólico atrás do horizonte silvestre, e o riacho, que corre ao lado da nossa casa e passa sob a velha ponte íngreme que mencionei, serpenteava por entre outras árvores nobres, quase aos nossos pés, refletindo em sua corrente o carmesim desbotado do céu. A carta do general Spielsdorf era tão espantosa, tão veemente e, em alguns pontos, tão contraditória, que a li duas vezes — pela segunda vez em voz alta para o meu pai — e ainda não conseguia acreditar, a não ser supondo que o luto lhe tivesse perturbado a mente. A carta dizia:

> *Perdi minha querida filha, a quem eu tanto amava. Durante os últimos dias da doença da querida Bertha, não pude escrever-lhe.*
>
> *Antes disso, eu não fazia ideia de que a vida dela estava por um fio. Eu a perdi e agora descobri tudo, demasiado tarde. Ela morreu na paz da inocência e na gloriosa esperança de um futuro abençoado. O demônio que traiu a*

nossa tão calorosa hospitalidade fez tudo isso. Pensei que estava recebendo em minha casa inocência, alegria, uma companhia encantadora para a minha pobre Bertha. Céus! Como fui tolo!

Agradeço a Deus por minha filha ter morrido sem suspeitar da causa de seu sofrimento. Ela partiu sem nem sequer conjecturar a natureza de sua doença e a paixão amaldiçoada do agente de toda essa miséria. Dedico os dias que me restam a seguir e a extinguir um monstro. Fui informado de que posso esperar realizar o meu justo e misericordioso propósito. No momento, quase não há um brilho de luz para me guiar. Amaldiçoo minha presunçosa incredulidade, minha desprezível afeição de superioridade, minha cegueira, minha obstinação... tudo isso... tarde demais. Não posso escrever ou falar com calma no momento. Estou distraído. Assim que estiver um pouco mais restabelecido, quero dedicar-me por um tempo à investigação, o que talvez me leve até Viena. Em algum momento no outono, daqui a dois meses, ou antes, se eu estiver vivo, vou visitá-lo... isto é, se me permitir; então lhes direi tudo o que quase não ouso escrever no papel neste momento.

Adeus.

Reze por mim, querido amigo.

A estranha carta terminou com essas palavras. Embora eu nunca tivesse visto Bertha Rheinfeldt, meus olhos se encheram de lágrimas com a notícia repentina; fiquei assustada, assim como profundamente desapontada.

O sol já tinha se posto e o crepúsculo surgiu quando devolvi a carta do general ao meu pai.

Era uma noite suave e serena, e ficamos divagando, refletindo sobre os possíveis significados das frases violentas e incoerentes que eu havia acabado de ler. Tínhamos quase dois quilômetros a percorrer antes de chegarmos à estrada em frente ao *schloss*, e, a essa altura, a lua estava resplandecente. Na ponte levadiça, encontramos madame Perrodon e mademoiselle De Lafontaine, que tinham saído, sem seus gorros, para desfrutar do requintado luar. Ouvimos as vozes das duas tagarelando um diálogo animado à medida que nos aproximávamos. Nós nos juntamos a elas na ponte levadiça, e paramos para admirar a bela vista.

A clareira pela qual tínhamos acabado de caminhar estava diante de nós. À nossa esquerda, a estrada estreita ziguezagueava sob o aglomerado das majestosas árvores, perdendo-se de vista no meio da floresta espessa. À direita, a mesma estrada atravessa a ponte íngreme e pitoresca, perto da qual se ergue uma torre em ruínas que outrora guardava aquela passagem; e, além da ponte, sobe uma eminência abrupta, repleta de árvores, mostrando nas sombras algumas rochas cinzentas cobertas de hera.

Acima da relva baixa, uma fina película de névoa se movia como fumaça, marcando o trajeto com um véu transparente; e, aqui e ali, podíamos ver o rio brilhar levemente ao luar. Nenhuma imaginação seria capaz de recriar uma cena mais suave e doce. A notícia que acabara de receber tornava o cenário mais melancólico, mas nada poderia perturbar seu caráter de profunda serenidade, a glória encantadora e a impressão nebulosa. Meu pai, que gostava do pitoresco, e eu encaramos em silêncio a extensão abaixo de nós. As duas governantas, postando-se um pouco atrás de nós, dialogaram sobre a cena e foram eloquentes sobre a lua.

Madame Perrodon era corpulenta, de meia-idade e romântica, falava e suspirava poeticamente. Mademoiselle De Lafontaine — fazendo jus ao sobrenome do pai alemão, suposto psicólogo, metafísico e um tanto místico — disse que, quando a lua brilhava com uma luz tão intensa, era um fato bem conhecido que indicava uma atividade espiritual especial. Havia diversos efeitos da lua cheia em tal esplendor luminoso; ela agia sobre os sonhos, agia sobre a loucura, agia sobre as pessoas apreensivas e tinha maravilhosas influências físicas ligadas à vida. Mademoiselle relatou que seu primo, marinheiro em um navio mercante, ao tirar uma soneca no convés, em uma noite como esta, deitado de costas, com a luz da lua banhando seu rosto, havia despertado depois de um sonho, no qual uma velha senhora o arranhava as bochechas, com seu rosto horrivelmente marcado de um lado; e seu semblante nunca recuperou por completo a harmonia.

— A lua, esta noite — disse ela —, está cheia de influência idílica e magnética. Vejam, quando olhamos para trás, na entrada do *schloss*, como todas as janelas piscam e cintilam com aquele esplendor prateado, como se mãos invisíveis iluminassem os quartos para receber as fadas como convidadas.

Há estilos de temperamentos indolentes em que, indispostos a falar de nós mesmos, a conversa de outros é agradável aos nossos ouvidos apáticos; e eu apenas observava, satisfeita com o tilintar da conversa das senhoras.

— Esta noite estou em luto — disse meu pai, após um silêncio, e citou Shakespeare, que, para manter o nosso inglês, ele lia em voz alta:

> *Na verdade, não sei por que estou tão triste. Fatiga-me: tu dizes que lhe deixa exausto; Mas como essa tristeza me atingiu... como fiquei assim?*[2]

— Não me lembro do resto. Mas sinto como se um grande infortúnio nos assombrasse. Suponho que a carta aflita do pobre general tenha tido relação com isso.

Neste momento, um som inesperado, de rodas de carruagens e muitos cascos na estrada, prendeu a nossa atenção.

Parecia estar se aproximando do alto da ponte e, muito em breve, um veículo emergiu daquele ponto. Primeiro dois cavalariços

2 Trecho de *O mercador de Veneza*, de William Shakespeare, escrito por volta de 1600. [N. E.]

cruzaram a ponte, depois surgiu uma carruagem puxada por quatro cavalos, e dois homens cavalgando atrás.

Parecia ser a carruagem de uma pessoa afortunada e ficamos imediatamente absorvidos em assistir a este espetáculo tão incomum. Algum tempo depois, a situação ficou muito mais interessante, pois, assim que a carruagem passou pela ponte íngreme, um dos líderes, assustado, comunicou seu pânico aos outros e, entre um caminho e outro, todo o bando se precipitou em um galope selvagem e, apressando-se entre os cavalariços que cavalgavam na frente, veio trovejando ao longo da estrada na nossa direção com a velocidade de um furacão.

A agitação da cena ficou mais dolorosa com os gritos claros e prolongados de uma voz feminina pela janela da carruagem. Avançamos curiosos e horrorizados; eu, em silêncio, os outros, proferindo várias exclamações de terror.

Nosso suspense não durou muito. Pouco antes de chegar à ponte levadiça do castelo, na rota em que eles vinham, de um lado da estrada, há um magnífico limoeiro, do outro, há uma antiga cruz de pedra, e, ao avistarem-na, os cavalos, em um ritmo perfeitamente assustador, desviaram para fazer as rodas passarem por cima das raízes salientes da árvore.

Eu sabia o que estava prestes a acontecer. Cobri os olhos para não ver e virei a cabeça para o outro lado; no mesmo instante, ouvi os gritos de minhas companheiras que tinham avançado alguns passos.

A curiosidade me fez abrir os olhos e vi uma cena de total confusão. Dois dos cavalos estavam no chão, a carruagem estava tombada de lado com duas rodas para o ar; os homens estavam ocupados removendo as rédeas, e uma senhora, com ar e pose de comando, tinha saído da carruagem e segurava um lenço nas mãos unidas, levando-o de vez em quando aos olhos.

Pela porta da carruagem, eles carregavam uma jovem, desfalecida. Meu querido pai já estava ao lado da senhora mais velha, com o chapéu na mão, evidentemente oferecendo auxílio e os recursos à disposição no *schloss*. A senhora não parecia ouvi-lo, nem ter olhos para nada além da menina esbelta que estava sendo colocada contra a encosta do banco.

Eu me aproximei; a jovem estava aparentemente atordoada, mas certamente não estava morta. O meu pai, que se considerava uma espécie de médico, envolveu o pulso da moça com os dedos e garantiu à senhora, que se declarava a mãe, que o pulso, embora fraco e irregular, ainda era perceptível. A senhora apertou as mãos e olhou para cima, como se agradecesse por um momento; mas, no mesmo instante, voltou a irromper naquela forma teatral que é, creio, natural para algumas pessoas.

Ela era o que se chama de uma mulher bonita para a idade, e deve ter sido ainda mais bonita em sua juventude; ela era alta, mas não magra, e seus trajes eram de veludo preto, parecia bastante pálida, mas tinha um semblante orgulhoso e imponente, embora no momento estivesse agitada de uma maneira estranha.

— Quem é que nasceu para tamanha calamidade? — Ouvi-a dizer, com as mãos fechadas, ao me aproximar. — Aqui estou eu, em uma viagem de vida ou morte, imaginando que perder uma hora é possivelmente perder tudo. Minha filha não terá se recuperado o suficiente para retomar sua rota. Terei que deixá-la! Não posso, não ouso me atrasar. A que distância é a aldeia mais próxima, senhor? Devo deixá-la lá e não verei minha querida, nem sequer ouvirei falar dela até meu retorno, daqui a três meses.

Puxei meu pai pelo casaco e sussurrei-lhe ao ouvido com seriedade:

— Ah, papai! Diga-lhe que a jovem pode ficar conosco… seria esplêndido. Diga!

— Se a senhora confiar sua filha aos cuidados da minha filha e de nossa governanta, madame Perrodon, e permitir que ela permaneça como nossa convidada, sob minha responsabilidade, até seu regresso, ficaremos honrados e comprometidos a cuidar dela com todo o cuidado e devoção que uma confiança tão sagrada merece.

— Não posso fazer isso, senhor, seria muito cruel explorar de sua gentileza e cavalheirismo dessa forma — disse a senhora, de forma distraída.

— Pelo contrário, seria nos conferir uma ilustre bondade no momento em que mais precisamos dela. Minha filha acaba de se decepcionar com uma cruel desgraça, pela privação de uma visita da qual há muito esperava uma grande dose de felicidade. Se confiar esta jovem aos nossos cuidados, será o melhor consolo para a pobrezinha. A aldeia mais próxima na rota que está indo é distante e não oferece nenhuma pousada onde possa hospedar sua filha; não pode permitir que ela continue a viagem por qualquer distância considerável sem perigo. Se, como diz, não consegue suspender a viagem, precisa encontrar uma hospedagem para ela esta noite, e em nenhum lugar poderia fazê-lo com garantias mais honestas de cuidado e ternura do que aqui.

Havia algo tão distinto e até imponente no ar e na aparência da senhora, e seus modos eram tão envolventes que impressionavam. Além disso, sua carruagem era distinta, convencendo-nos de que ela era uma pessoa importante. A essa altura, a carruagem já tinha sido virada para a posição vertical, e os cavalos, bem dóceis, colocados nas rédeas novamente.

A senhora lançou à filha um olhar que imaginei não ser tão afetuoso como se poderia ter previsto desde o início da cena; então, ela acenou ligeiramente para meu pai, aproximou-se dois ou três passos e dirigiu-lhe a palavra com um semblante firme e austero, nada parecido com o que ela tinha até então.

Fiquei muito admirada de meu pai não parecer perceber a mudança e também indescritivelmente curiosa para saber o que ela estava falando, quase ao ouvido dele, com tanta seriedade e rapidez.

Ela deve ter permanecido assim por dois ou três minutos, no máximo, depois se virou, e alguns passos a levaram até onde a filha estava deitada, apoiada pela madame Perrodon. Ela se ajoelhou ao lado da jovem por um momento e sussurrou, como a madame supôs, uma pequena bênção no ouvido dela; depois, beijando-a apressadamente, entrou na carruagem, a porta foi fechada, os criados imponentes saltaram atrás, os batedores esporearam, o condutor estalou o chicote, os cavalos avançaram e partiram de repente em um galope furioso que logo se tornou suave. A carruagem deslizava para longe, seguida, no mesmo ritmo rápido, pelos dois cavalariços na retaguarda.

3

CAPÍTULO 3

COMPARANDO IMPRESSÕES

Observamos a comitiva partir, até sumir de vista na floresta enevoada, e o som dos cascos e das rodas na estrada se desvanecer no ar silencioso da noite.

Nada restava para nos assegurar de que a aventura não tinha sido uma ilusão momentânea, a não ser a jovem moça, que justamente naquele instante abriu os olhos. Ela estava de costas para mim, por isso não consegui ver seu rosto; a jovem levantou a cabeça, evidentemente para olhar em volta, e ouvi uma voz muito doce perguntando em um tom queixoso:

— Onde está mamãe?

Nossa querida madame Perrodon respondeu com ternura, e tentou deixá-la o mais segura possível.

Então a ouvi perguntar:

— Onde estou? Que lugar é este? Não vejo a carruagem, nem minha mãe, onde ela está?

Madame Perrodon respondeu às perguntas à medida que as entendia; e, aos poucos, a jovem lembrou-se de como o infortúnio aconteceu e ficou contente ao saber que ninguém na carruagem ou que presenciou a cena foi ferido; e, ao saber que a mãe a havia deixado, até seu retorno em aproximadamente três meses, ela chorou.

Eu estava prestes a acrescentar meus consolos aos da madame Perrodon quando mademoiselle De Lafontaine colocou a mão no meu braço, dizendo:

— Não se aproxime, ela só consegue conversar com uma pessoa de cada vez no momento, o mínimo de exaltação que seja pode deixá-la em frangalhos.

"Assim que ela estiver confortável na cama, correrei para o quarto dela para vê-la", pensei.

Nesse ínterim, meu pai tinha mandado um criado a cavalo para chamar o médico, que vivia a cerca de dez quilômetros de distância; e um quarto estava sendo preparado para a recepção da senhorita. A desconhecida se levantou, apoiando-se no braço de madame Perrodon, caminhou lentamente pela ponte levadiça e passou pelo portão do castelo.

Os criados esperavam para recebê-la no vestíbulo, e ela foi conduzida imediatamente ao quarto. O cômodo que usávamos como sala de estar tinha a forma alongada, com quatro janelas, que davam vista para o fosso e a ponte levadiça, acima da vista da floresta que descrevi antes.

A mobília era de carvalho antigo entalhado, com grandes armários esculpidos, e as cadeiras eram almofadadas com veludo carmesim de Utrecht. As paredes eram forradas com tapeçaria e rodeadas de quadros dourados amplos, cujas figuras nas telas tão grandes como a vida, em trajes antigos e muito curiosos, eram retratadas em cenas de caça, falcoaria e festividades em geral. Ainda que imponente, a sala era extremamente confortável; além de ser o lugar onde tomamos nosso chá, pois, com suas habituais inclinações patrióticas, papai insistiu que a bebida nativa deveria regularmente ser servida com nosso café e com o chocolate.

Com as velas acesas, nos sentamos no cômodo naquela noite e conversamos sobre a aventura. Madame Perrodon e mademoiselle De Lafontaine se juntaram a nós. A jovem estranha mal tinha se deitado na cama quando caiu em um sono profundo; e as senhoras a deixaram aos cuidados de uma criada.

— O que acha de nossa convidada? — perguntei, assim que madame entrou. — Conte-me tudo sobre ela.

— Eu gosto muito dela — respondeu madame. — Posso dizer que ela é a criatura mais bonita que já vi; mais ou menos da sua idade, muito gentil e simpática.

— Ela é absolutamente linda — revelou mademoiselle, que tinha espreitado por um momento no quarto da desconhecida.

— E tem uma voz tão doce... — acrescentou a madame Perrodon.

— Vocês notaram, depois de eles terem reerguido a carruagem, que havia outra mulher lá dentro? — perguntou mademoiselle. — Ela não saiu, apenas olhou pela janela.

— Não, não notamos.

Então ela descreveu uma mulher negra, asquerosa, com uma espécie de turbante colorido na cabeça, que olhava o tempo todo pela janela da carruagem, balançando a cabeça e sorrindo de modo debochado para as senhoras, com os olhos arregalados e brilhantes e os dentes cerrados, como se estivesse furiosa.

— Notaram como os criados eram um bando de homens de aparência sinistra? — perguntou madame.

— Sim — respondeu meu pai, que tinha acabado de entrar —, feios, com cara de marginais, como nunca vi na vida. Espero que não roubem a pobre senhora no meio da floresta. No entanto, esses tipos são uns patifes espertos, conseguem agir e dar no pé em um piscar de olhos.

— Atrevo-me a dizer que eles pareciam desgastados por estarem viajando há tantas horas — disse madame. — Além de parecerem malvados, seus rostos eram tão estranhamente magros, sombrios e carrancudos. Estou muito curiosa, admito; mas creio que a jovem lhe contará tudo amanhã, se ela tiver se recuperado o suficiente.

— Acho que ela não contará — disse meu pai, com um sorriso misterioso e um pequeno aceno de cabeça, como se soubesse mais sobre isso do que se importasse em nos dizer.

Isso nos deixou mais curiosas quanto ao que havia se passado entre ele e a senhora usando roupas de veludo preto, na breve, mas séria conversa que precedeu a partida dela.

Mal ficamos sozinhos, e eu lhe pedi para me dizer. Não precisei pressioná-lo muito para que contasse.

— Não há nenhuma razão particular para eu não lhe dizer. Ela se mostrou relutante em nos incomodar com os cuidados da filha, dizendo que a saúde dela era delicada, e que se sentia nervosa, mas não estava sujeita a nenhum tipo de crise nem a alucinações, ela garantiu. De fato, ela era perfeitamente sã.

— Que estranho dizer tudo isso! — interrompi. — Tão desnecessário.

— Em todo caso, ela *disse*. — Ele riu. — E como você deseja saber tudo o que se passou, o que foi realmente muito pouco, eu lhe digo. A senhora disse: "Estou fazendo uma longa viagem de *vital* importância", ela enfatizou a palavra, "repentina e particular; voltarei para buscar minha filha em três meses; enquanto isso, ela ficará em silêncio sobre quem somos, de onde viemos, e para onde estamos viajando." Isso foi tudo o que ela disse, em um francês muito puro. Quando disse a palavra "particular", fez uma pausa de alguns segundos, com um olhar severo, com os olhos fixos nos meus. Imagino que ela tenha seus motivos. Você viu como ela partiu rápido. Espero não ter feito uma coisa muito tola, ao me oferecer para tomar conta da jovem.

De minha parte, fiquei encantada. Estava ansiosa para vê-la e falar com ela; esperava apenas a autorização do médico. Você, que vive nas cidades, pode não ter ideia de quão significativo é conhecer um novo amigo, em meio à solidão como a que nos rodeia.

O médico só chegou perto da uma hora; mas eu não poderia ter ido para a cama dormir, da mesma forma que não poderia alcançar, a pé, a carruagem na qual a princesa de veludo preto havia partido.

Quando o médico desceu para a sala de visitas, foi para dar boas notícias sobre a paciente. Ela já conseguia ficar sentada, tinha o pulso bastante regular e aparentava estar muitíssimo bem. Ela não havia sofrido nenhum ferimento, e o abalo emocional que a atingiu passou sem causar nenhum dano. Certamente não poderia haver mal nenhum em vê-la, se nós duas desejássemos; e, diante dessa autorização, mandei, imediatamente, saber se ela me permitiria visitá-la por alguns minutos no quarto. A criada voltou logo dizendo que a jovem gostaria muito de falar comigo. Com isso, não perdi tempo e corri até os aposentos onde estava instalada.

A nossa visitante estava em um dos quartos mais bonitos do *schloss*. Era, talvez, um pouco imponente. Havia uma tapeçaria melancólica em frente ao pé da cama, representando Cleópatra com as áspides envoltas em seu seio; e outras cenas clássicas, solenes, estavam expostas, um pouco desbotadas, sobre as outras paredes. Mas havia entalhes em ouro, e cores ricas e variadas o suficiente nas outras decorações do quarto, fazendo jus em compensar a escuridão da velha tapeçaria.

Havia velas sobre a cabeceira da cama. A moça estava sentada e tinha sua bela figura esguia envolta no roupão de seda macia, bordado com flores e forrado com uma seda espessa e acolchoada, que a mãe dela havia jogado aos seus pés quando ela estava caída no chão.

No entanto, ao me aproximar da cama para cumprimentá-la, algo me fez calar e recuar alguns passos. O quê? Contarei a você: vi o mesmo rosto que me visitara na minha infância durante a noite, que ficou tão fixo na minha memória, e sobre o qual pensei tantas vezes com horror, quando ninguém imaginava o que se passava em minha cabeça. Era bonito, muito bonito; e, quando o vi pela primeira vez, tinha a mesma expressão melancólica. Quase no mesmo instante, ela abriu um estranho sorriso como se me conhecesse. Ficamos em completo silêncio por um minuto, e por fim ela falou:

— Que maravilha! — exclamou. — Há doze anos, vi seu rosto em um sonho e, desde então, ele me assombra.

— Que maravilha mesmo! — repeti, superando com dificuldade o horror que por um momento me paralisou. — Há doze anos, em uma visão ou realidade, eu certamente lhe vi. Não consegui esquecer seu rosto. Desde então, sua imagem tem permanecido diante dos meus olhos.

O sorriso dela atenuou-se. O que quer que eu tivesse imaginado de estranho nele, tinha desaparecido, e sua feição e suas bochechas com covinhas estavam deliciosamente graciosas e sagazes. Senti-me reconfortada e continuei falando no clima que a hospitalidade indicava, para lhe dar as boas-vindas e para dizer quanto prazer a sua chegada acidental nos proporcionou e, especialmente, que felicidade foi para mim.

Peguei a mão dela enquanto eu falava. Eu estava um pouco tímida, como as pessoas solitárias são, mas a situação me deixou eloquente e até mesmo ousada. Ela apertou minha mão, colocando a dela por cima, seus olhos brilharam, ao olhar com vivacidade dentro dos meus, ela sorriu novamente e corou.

Ela respondeu muito bem às minhas boas-vindas. Sentei-me ao lado dela, ainda pensativa, e ela disse:

— Preciso contar a visão que tive com você; é muito estranho que tenhamos visto uma à outra como somos agora, como em um sonho tão vívido, mas éramos apenas crianças. Eu tinha cerca de seis anos, e havia acordado de um sonho confuso e perturbado, quando me vi em um quarto, que não era o meu, com um revestimento escuro de madeira, armários, estrados, cadeiras e bancos espalhados ao redor. Pensei que as camas estivessem vazias e que no quarto só havia eu e mais ninguém. Depois de analisar o ambiente durante algum tempo, e admirar, em especial, um castiçal de ferro com duas hastes, que certamente voltaria a ver, rastejei para debaixo de uma das camas até chegar à janela. Mas, ao sair de lá, ouvi alguém chorar e, olhando para cima, enquanto ainda estava de joelhos, vi você. Tenho certeza de que era você, como lhe vejo neste instante: uma jovem bonita, com cabelos dourados, grandes olhos azuis e lábios... os seus lábios. Assim como está aqui no momento.

"Seu semblante me conquistou; subi na cama e coloquei meus braços sobre você, e acho que nós duas adormecemos. Acordei com um grito, você estava sentada gritando. Fiquei assustada e escorreguei para o chão, por um momento, pareceu-me que perdi a consciência; e, quando voltei a mim, estava novamente no meu quarto em casa. Nunca mais esqueci seu rosto desde então. Eu não podia estar enganada com uma mera semelhança. *Você é* a moça que vi naquele dia."

Então, foi minha vez de relatar a visão correspondente, o que fiz, para a maravilha indisfarçada de minha nova conhecida.

— Não sei qual de nós duas deveria ter mais medo — disse ela, novamente sorrindo. — Se você fosse menos bonita, acho que eu ficaria com muito medo, mas sendo como é, e nós duas tão jovens, sinto que a conheço há doze anos, e já tenho direito à sua intimidade; em todo caso, parece que estamos destinadas, desde a nossa infância, a ser amigas. Pergunto-me se sente esta estranha atração por mim como sinto por você; nunca tive uma amiga, será que encontrei uma? — Ela suspirou, e os seus belos olhos escuros me contemplaram com afeto.

A verdade é que eu não conseguia explicar muito bem o que sentia em relação à bela estranha. Eu me senti, como ela disse, "atraída por ela", mas também havia certa repulsa. Nesse sentimento ambíguo, porém, prevaleceu o sentimento de atração. Ela despertou meu interesse e me conquistou; era muito linda e indescritivelmente envolvente.

Percebi que a exaustão e a fraqueza caíam sobre ela, e apressei-me em dar-lhe boa-noite.

— O médico acha — acrescentei — que uma de nossas criadas deve passar esta noite com você, ela está lá fora aguardando. É uma pessoa bem silenciosa e lhe será muito útil.

— Que gentil da sua parte, mas eu não conseguiria dormir, nunca consegui com outra pessoa no quarto. Não vou precisar de ajuda; e, devo confessar minha fraqueza, tenho um medo terrível de ladrões. Nossa casa foi assaltada uma vez, e dois criados foram assassinados, por isso tranco sempre a porta do meu quarto. Tornou-se um hábito, e, como você parece tão amável, sei que me perdoará. Vejo que há uma chave na fechadura.

Ela me envolveu em seus lindos braços por um momento e sussurrou ao meu ouvido:

— Boa noite, querida, é muito difícil separar-me de você, mas boa noite. Amanhã, mas não tão cedo, a verei novamente.

Ela afundou de novo no travesseiro com um suspiro, seus belos olhos seguiram-me com um olhar carinhoso e melancólico, e ela murmurou novamente:

— Boa noite, querida amiga.

Os jovens gostam, e até amam, por impulso. Fiquei lisonjeada com o carinho evidente, embora ainda imerecido, que ela demonstrou. Gostei da confiança com que ela tão prontamente me recebeu. Ela estava determinada que fôssemos amigas muito próximas.

Chegou o dia seguinte e nos encontramos outra vez. Fiquei encantada com minha companheira, em muitos aspectos.

A aparência dela não se perdia à luz do dia — com certeza, ela era a criatura mais bela que eu já havia visto, e a lembrança desagradável do rosto apresentado no meu sonho inicial, perdera o efeito do primeiro reconhecimento inesperado. Ela confessou que tinha experimentado um choque semelhante ao ver-me, e sentia a mesma tênue antipatia fundida à minha admiração por ela. Rimos juntas por causa dos nossos horrores momentâneos.

4

CAPÍTULO 4

OS HÁBITOS DELA — UM PASSEIO

Eu contei que fiquei encantada com ela em muitos detalhes. Contudo, havia alguns que não me agradavam muito. Ela era superior à maioria das mulheres. Vou descrevê-la:

Era esbelta e muitíssimo graciosa. A não ser por seus movimentos lânguidos — muito lânguidos — de fato, não havia nada em sua aparência que indicasse sua convalescença. Sua tez era radiante; sua estrutura, pequena e lindamente moldada; os olhos, grandes, escuros e vívidos; o cabelo era maravilhoso, nunca vi cabelo tão espesso e comprido, caindo sobre seus ombros; algumas vezes passei minhas mãos por eles e ri com espanto de como pesavam. Era requintadamente fino e macio, de cor castanha muito escura, com um leve toque dourado. Eu adorava acariciá-lo, soltando os fios conforme tombavam com o próprio peso, enquanto ela se recostava na cadeira do quarto falando em sua doce voz baixa. Eu brincava com os cabelos dela, fazia tranças, espalhava-os. Céus! Se eu apenas soubesse…

Como eu disse, havia detalhes que não me agradavam. Comentei que a confiança dela me conquistou na primeira noite em que a vi; mas creio que ela agiu assim por respeito a si mesma, à mãe, à sua história, devido a tudo, de fato, ligado à vida dela, aos planos e às pessoas, com uma reserva sempre vigilante. Atrevo-me a dizer que não fui razoável, talvez estivesse enganada; atrevo-me a dizer que deveria ter respeitado a solene injunção imposta ao meu pai pela senhora majestosa de veludo preto. Porém, a curiosidade é uma paixão inquieta e sem escrúpulos, e nenhuma garota pode suportar, com paciência, que a dela seja frustrada por outras. Que mal poderia fazer a alguém dizer-me o que eu tão ardentemente desejava saber? Será que ela não tinha confiança no meu bom senso ou honra? Por que ela não acreditaria em mim quando eu lhe garanti, tão solenemente, que não compartilharia uma sílaba do que ela me dissesse a qualquer outro mortal?

Havia uma frieza, parecia-me, além de sua idade, em sua recusa persistente, de sorriso melancólico, em me dar o menor raio de luz.

Não posso dizer que discutimos sobre esse ponto, pois ela não discutiria por motivo nenhum. Claro que foi muito injusto da minha parte pressioná-la, fui muito malcriada, mas não pude evitar. Eu deveria ter deixado o assunto em segundo plano.

O que ela me disse significou, em minha injusta opinião, nada. Foi tudo resumido em três revelações muito vagas... Primeiro: seu nome era Carmilla; segundo: a família dela era muito antiga e nobre; terceiro: seu lar ficava no sentido oeste.

Ela não quis me dizer o nome de sua família, nem de seus brasões, o nome de sua propriedade, nem mesmo em que país viviam.

Não pense que eu a incomodei incessantemente com esses assuntos. Percebi a oportunidade, e mais insinuei do que a impeli a responder. Uma ou duas vezes, na verdade, a provoquei de forma mais direta. Entretanto, independentemente das minhas tácticas, o resultado foi mesmo um fracasso total. Repreensões e afagos eram inúteis. Porém, devo acrescentar que as escusas dela foram conduzidas com tanta melancolia e desaprovação — ela fez até mesmo declarações apaixonadas de sua afeição por mim, e de como eu era digna de sua confiança, e fez inúmeras promessas de que, em algum momento, eu saberia de tudo — que não havia em meu coração o menor indício de ressentimento contra ela.

Carmilla envolvia meu pescoço em seus lindos braços, puxando-me para ela, aproximando a bochecha da minha, e murmurava perto da minha orelha:

— Querida, o seu coraçãozinho está ferido. Não ache que sou cruel por obedecer a irresistível lei de minha força e fraqueza, se seu querido coração está ferido, meu coração selvagem também sangra. No êxtase de minha enorme vergonha, vivo em sua vida calorosa, e você deve morrer... docemente... na minha vida. Não posso evitar; ao aproximar-me, você, por sua vez, vai se aproximar de outros e conhecerá o êxtase dessa crueldade, que ainda é o amor. Assim, por enquanto, não queira saber mais sobre mim e sobre os meus, mas confie em mim todo o seu espírito amoroso.

E enquanto falava essa espécie de rapsódia, ela me pressionou mais perto em seu abraço trêmulo e, com seus lábios, pousou beijos suaves em minha bochecha. Seus movimentos e suas palavras eram ininteligíveis para mim.

Desses abraços tolos, que não eram muito frequentes, devo admitir, eu queria me desprender; mas minhas forças pareciam faltar. As palavras murmuradas por ela soavam como uma canção de ninar em meu ouvido e acalmavam minha resistência como em um transe, do qual eu só parecia me recuperar quando ela se afastava.

Com esses humores misteriosos, eu não gostava mais dela. Experimentei uma estranha excitação agradável, misturada com um vago sentimento de medo e repugnância. Eu não conseguia pensar claramente sobre ela enquanto tais cenas aconteciam, mas estava consciente de um amor que crescia em adoração e também em repulsa. Sei que isso é um paradoxo, mas não posso explicar o sentimento de outra maneira.

Escrevo, após um intervalo de mais de dez anos, com a mão trêmula, com uma lembrança confusa e horrível de certos acontecimentos e situações, da provação pela qual passava sem perceber; embora com a lembrança viva e muito nítida do estado principal de minha história.

Contudo, suspeito que em todas as vidas haja certas cenas afetivas, como aquelas em que nossas paixões foram mais desvairadas e terrivelmente despertadas, que são, de todas as outras, as mais vagamente e pouco lembradas.

Por vezes, após uma hora de apatia, minha estranha e bela companheira segurava minha mão com uma pressão carinhosa, apertando-a vez ou outra; corando suavemente, olhando-me com os olhos lânguidos e ardentes, e respirando tão depressa que seu peito subia e descia ofegante. Era como o ardor de um amante. Eu ficava envergonhada com isso; era odioso e, ainda assim, avassalador; com os olhos regozijantes, ela me atraía para si, seus lábios quentes viajavam ao longo de minha face, em beijos, e ela sussurrava, quase em soluços:

— Você é minha, *será* minha, você e eu somos uma para sempre.

Então ela se recostava outra vez na cadeira, com suas pequenas mãos sobre os olhos, deixando-me trêmula.

— Somos parentes? — perguntava eu. — O que você quer dizer com tudo isso? Minha presença a faz lembrar, talvez, de alguém que ama; mas não deveria. Odeio isso; não a conheço. Não me reconheço quando você fala essas coisas e me olha assim.

Ela suspirava diante da minha veemência, depois virava as costas para mim e soltava minha mão.

Respeitando essas demonstrações extraordinárias, esforcei-me, em vão, para formar qualquer teoria satisfatória — não pude referi-las à pretensão ou aos truques. Era, sem dúvida, a ruptura momentânea do instinto e da emoção reprimidos. Ela estava, não obstante a negação voluntária de sua mãe, sujeita a breves visitas de insanidade ou havia aqui um disfarce e um romance? Eu havia lido sobre tais coisas em velhos livros de histórias. O que aconteceria se um amante imaturo tivesse encontrado o caminho até a casa dela, tentando mascarar suas atitudes, com a ajuda de uma velha aventureira esperta? Mas havia muitas coisas contra essa hipótese, por mais interessante que fosse para minha vaidade.

Não podia vangloriar-me de tais atenções diminutas, como as delícias que acompanham sua galanteria masculina. Entre esses momentos de paixão, havia longos intervalos de coisas corriqueiras, de alegria, de melancolia inquietante, durante os quais — exceto quando eu detectava seus olhos tão cheios de um fogo sombrio, seguindo-me — às vezes, eu poderia não representar nada para ela. Exceto por tais breves períodos de misteriosa excitação, seus modos eram infantis e havia sempre uma apatia sobre ela, bastante incompatível com um sistema masculino saudável.

Em alguns aspectos, seus hábitos eram estranhos. Talvez não tão peculiares na opinião de alguém da cidade como você, como podem parecer para pessoas rústicas como nós. Ela descia muito tarde, geralmente por volta de uma hora da tarde, tomava uma xícara de chocolate, mas não comia nada; depois, saíamos para um passeio, que era um mero caminhar, e ela parecia, quase imediatamente, exausta. Então, voltava para o *schloss* ou sentava-se em um dos bancos dispostos, aqui e ali, entre as árvores. A mente dela não acompanhava tal apatia física. Ela era sempre muito tagarela e inteligente.

Às vezes ela falava sobre sua própria casa, ou mencionava uma aventura ou situação, uma lembrança antiga, que indicava um povo de maneiras estranhas, e descrevia costumes dos quais nada sabíamos. Consegui entender, com base nessas dicas ocasionais, que seu país natal era muito mais remoto do que eu imaginava no início.

Enquanto estávamos sentadas, uma tarde, debaixo das árvores, um funeral passou por nós. Era o de uma menina bonita, que eu havia visto algumas vezes, a filha de um dos guardas-florestais. O pobre homem caminhava atrás do caixão de sua querida, ela era sua única filha, e ele parecia bastante desolado.

Camponeses caminhando lado a lado vinham atrás, estavam cantando um hino fúnebre.

Levantei-me, para demonstrar meu respeito enquanto passavam, e comecei a entoar também o hino que eles cantavam muito docemente.

Minha companheira me chacoalhou de leve, e fiquei surpresa.

Ela disse de súbito:

— Não percebe como isso é incoerente?

— Pelo contrário, acho muito amável — respondi, irritada com a interrupção, muito desconfortável, receosa de que as pessoas, compondo o pequeno cortejo, observassem e se ressentissem.

Recomecei, portanto, imediatamente, e fui interrompida outra vez.

— Meus ouvidos estão sangrando com essa cantoria — disse Carmilla, quase com raiva, e tampando as orelhas com seus dedos minúsculos. — Além disso, como pode dizer que a sua religião e a minha são a mesma; seus modos me machucam, e eu odeio funerais. Que alarde! Você vai morrer um dia, *todos* vão; e ficarão mais felizes quando morrerem. Vamos voltar para casa.

— O meu pai foi com o clérigo para o pátio da igreja. Pensei que sabia que ela seria enterrada hoje.

— Ela? Não me preocupo com os camponeses. Não sei quem ela é — respondeu Carmilla, com um lampejo em seus belos olhos.

— Ela é a pobre moça que imaginou ter visto um fantasma há algumas semanas e ficou doente desde então, até ontem, quando partiu.

— Não me conte nada sobre fantasmas. Não dormirei esta noite se disser algo.

— Espero que não haja peste ou febre; essa situação se parece muito com essas coisas — continuei. — A jovem esposa do pastor morreu há apenas uma semana, e ela pensou que algo a havia agarrado pelo pescoço, enquanto estava deitada na cama, e quase a estrangulado. Papai diz que fantasias tão horríveis assim acompanham algumas formas de febre. Ela estava muito bem no dia anterior. Porém, ficou muito doente depois e morreu antes de uma semana.

— Bem, o funeral *dela* acabou, espero, assim como essa cantoria para *ela*; e nossos ouvidos não serão mais torturados com essa incoerência e balbúrdia. Isso me deixa nervosa. Sente-se aqui, ao meu lado; sente-se mais perto, segure minha mão e aperte-a com força.

Tínhamos andado um pouco e íamos nos sentar em outro banco.

Carmilla se sentou. Seu rosto mudou tanto que fiquei alarmada e até me aterrorizou por um momento. Sua face ficou sombria e, de repente, lívida; cerrou os dentes e as mãos, franziu a testa e apertou os lábios, enquanto olhava para o chão, fitando os próprios pés. Seu corpo todo tremia de forma descontrolada, como se estivesse com febre. As energias dela pareciam se desvanecer, o que a deixava sem fôlego. Por fim, rompeu em uma exclamação baixa de sofrimento, e, aos poucos, a histeria diminuiu.

— Está vendo? Isso é o que acontece quando as pessoas ficam cantando esses hinos! — disse ela finalmente. — Abrace-me, forte. Está passando.

E aos poucos passou; e talvez para dissipar a impressão sombria que o espetáculo tinha deixado em mim, ela ficou animada e tagarela de uma forma atípica; assim, voltamos para casa.

Aquela foi a primeira vez que a vi exibir quaisquer sintomas definíveis daquela delicadeza de saúde da qual sua mãe havia alertado. Era a primeira vez, também, que eu a via mostrar algum tipo de emoção. Aquilo passou como uma nuvem de verão; e nunca, a não ser uma vez depois, testemunhei de sua parte um sinal momentâneo de raiva. Vou contar como aconteceu.

Nós duas estávamos olhando através de uma das longas janelas da sala de estar quando entrou no pátio, vindo da ponte levadiça, a figura de um andarilho que eu conhecia muito bem. Ele visitava o *schloss* duas vezes por ano.

Era um homem corcunda, com as características acentuadas que geralmente acompanham a deformidade. Ele tinha uma barba preta pontuda, e sorria de orelha a orelha, mostrando os dentes brancos. Vestia uma roupa de couro, preta e vermelha, transpassada com mais alças e cintos do que eu podia contar, nos quais estavam pendurados todo tipo de coisas. Atrás, ele carregava uma lanterna mágica e duas caixas, que eu bem conhecia. Em uma delas havia uma salamandra e na outra, uma mandrágora. Esses monstros faziam meu pai rir. Eram compostos por partes de macacos, papagaios, esquilos, peixes e ouriços, secos e costurados juntos com nitidez e efeito surpreendente. Ele tinha uma rabeca, uma caixa de ilusionismos, um par de floretes e máscaras presas ao cinto, vários outros objetos misteriosos pendurados nele, e um bastão preto com argolas de cobre na mão. O seu companheiro era um cachorro de rua, bravo, que o seguia de perto, mas parou de súbito, desconfiado, na ponte levadiça, e em pouco tempo começou a uivar com tristeza.

Enquanto isso, o charlatão, de pé no meio do pátio, levantou seu chapéu grotesco e nos fez uma reverência muito cerimoniosa, fazendo elogios muito volúveis em um francês execrável e em um alemão não muito melhor.

Então, tirando a rabeca das costas, começou a arranhar uma melodia animada, a qual cantava com uma alegre desarmonia, dançando de uma forma ridícula, que me fazia rir, apesar do uivo do cachorro. Em seguida, ele avançou para a janela muito sorridente e fazendo saudações, com o chapéu na mão esquerda, a rabeca debaixo do braço, e, sem parar para tomar fôlego, tagarelou um longo discurso acerca de todas as suas realizações, as várias artes e os recursos que ele colocava a nosso serviço, e as curiosidades prontas para serem exibidas e as diversões que podia nos proporcionar, tudo a nosso dispor.

— Vossas senhorias ficarão satisfeitas em comprar um amuleto contra o *upir*, que, ouvi dizer, corre feito um lobo por estas florestas — disse ele, deixando cair o chapéu no chão. — Pessoas estão morrendo a torto e a direito, e aqui está um encanto que nunca falha; apenas prenda-o ao seu travesseiro, e poderá rir na cara da criatura.

Esses amuletos consistiam em tiras compridas de velino, com cifras cabalísticas e diagramas encravados nelas.

Carmilla comprou um no mesmo instante, e eu também.

O vendedor estava olhando para cima, e sorríamos para ele, encantadas, pelo menos, posso dizer por mim mesma. O seu olhar sombrio, penetrante, enquanto nos encarava, parecia detectar algo que aguçou, por um momento, sua curiosidade,

Em um instante, desenrolou um estojo de couro, cheio de vários tipos de pequenos instrumentos de aço estranhos.

— Veja aqui, senhora — disse ele, exibindo-o, e dirigindo-se a mim. — Pratico, entre outras coisas menos úteis, a arte da odontologia. Que a peste leve esse cão! — resmungou ele. — Silêncio, besta! Ele uiva para que as senhoras não ouçam uma palavra. A sua nobre amiga, a jovem à sua direita, tem o dente mais afiado, longo, fino, pontiagudo, como uma sovela, como uma agulha... Com minha visão afiada e de longa distância, ao olhar para cima, vi claramente. Se acontecer de ferir a jovem senhora, e eu acho que irá, aqui estou, e aqui está a minha lima, o meu ponche, os meus alicates; eu os lixarei e os deixarei redondos, se sua senhoria quiser. Não será mais o dente de um peixe, mas de uma bela dama como ela é. Ei? A jovem está descontente? Tenho sido demasiado ousado? Será que a ofendi?

A jovem senhorita, de fato, parecia muito zangada enquanto voltava da janela.

— Como aquele charlatão se atreve a insultar-nos assim? Onde está seu pai? Vou exigir uma retratação. Meu pai teria mandado amarrar o infeliz no tronco, açoitá-lo com um chicote de carroça e queimá-lo com a marca do gado até os ossos!

Ela se afastou da janela, um ou dois passos, e sentou-se. Mal tinha perdido de vista o ofensor, quando sua ira diminuiu tão repentinamente como apareceu. Aos poucos, recuperou seu tom habitual e pareceu esquecer o pequeno corcunda e suas loucuras.

Meu pai não estava muito animado naquela noite. Ao entrar, ele nos disse que acontecera outro caso muito semelhante aos dois fatais ocorridos nos últimos tempos. A irmã de um jovem camponês, que trabalhava em nossa propriedade e morava a apenas dois quilômetros de distância, estava muito doente. Afirmava ter sido atacada quase da mesma maneira e, então, estava adoecendo aos poucos, mas de modo contínuo.

— Tudo isso — disse meu pai — só pode ser referenciado a causas naturais. Essas pobres pessoas infectam umas às outras com suas superstições e, assim, repetem na imaginação as imagens de terror que infestaram seus vizinhos.

— Mas essa mesma circunstância assusta-nos terrivelmente — disse Carmilla.

— Como assim? — perguntou meu pai.

— Tenho tanto medo de imaginar que vejo tais coisas, acho que seria tão ruim quanto a realidade.

— Estamos nas mãos de Deus: nada pode acontecer sem a permissão Dele, e tudo terminará bem para aqueles que o amam. Ele é nosso fiel criador, Ele fez a todos e cuidará de nós.

— Criador! *Natureza*! — exclamou a jovem em resposta ao meu gentil pai. — E essa doença que invade o país é natural. Natureza... Todas as coisas procedem dela, não é? Tudo no céu, na terra e debaixo da terra age e vive como ordena a Natureza. Eu acho que sim.

— O médico disse que viria aqui hoje — disse meu pai, depois de um momento de silêncio. — Quero saber o que ele pensa sobre isso, e o que ele acha que é melhor fazermos.

— Os médicos nunca me fizeram bem nenhum — afirmou Carmilla.

— Então você tem estado doente? — perguntei.

— Mais doente do que nunca — respondeu ela.

— Há muito tempo?

— Sim, há muito tempo. Eu sofri desse mesmo mal; mas esqueci tudo, menos a minha dor e fraqueza, elas não foram tão ruins como são as outras doenças.

— Você era muito jovem?

— Não posso dizer, não vamos falar mais sobre isso. Você não magoaria uma amiga, não é?

Ela me deu um olhar apático, passou o braço pela minha cintura amorosamente e me levou para fora da sala. Meu pai estava perto da janela, ocupado com alguns papéis.

— Por que seu pai gosta de nos assustar? — perguntou a bela moça com um suspiro e um leve tremor.

— Ele não gosta, querida Carmilla, ele nem sequer pensa nessa possibilidade.

— Está com medo, querida?

— Eu ficaria com muito medo se imaginasse haver algum perigo real de ser atacada como aquelas pobres pessoas foram.

— Tem medo de morrer?

— Sim, todos temos.

— Mas teme morrer como os amantes? Morrer juntos, para que possam viver juntos? Moças são lagartas enquanto vivem no mundo, para, enfim, serem borboletas quando o verão chegar; mas, enquanto isso, são apenas larvas, não vê? Cada uma com suas propensões, necessidades e estrutura peculiares. Assim diz *monsieur* Buffon, em seu grande livro, na sala ao lado.

Mais tarde, o médico chegou, e ficou perto de papai por um bom tempo.

Era um homem habilidoso, de mais de sessenta anos, usava pó no rosto pálido, tinha a pele lisa e barbeada como uma abóbora. Ele e o papai saíram juntos da sala, e eu ouvi o papai rir e dizer enquanto saíam:

— Bem, admiro-me com um homem sábio como o senhor. O que me diz sobre hipogrifos e dragões?

O médico sorriu e respondeu, balançando a cabeça...

— Apesar disso, a vida e a morte são misteriosas, e sabemos pouco dos recursos de qualquer uma delas.

E assim eles continuaram andando, e não ouvi mais nada. Naquela época, eu não sabia do que o médico estava falando, mas acredito que agora sei.

5

CAPÍTULO 5

UMA SEMELHANÇA MARAVILHOSA

Esta noite, chegou de Gratz o filho do restaurador de quadros, um rapaz de rosto escuro, em um cavalo e uma carroça carregada com duas grandes caixas de madeira, cada uma contendo vários quadros. Era uma viagem de cinquenta quilômetros, e, sempre que um mensageiro chegava ao *schloss* vindo da nossa pequena capital de Gratz, nós nos aglomerávamos ao seu redor no vestíbulo, para ouvir as notícias.

Esta chegada criou em nossos aposentos isolados uma sensação de euforia. As caixas foram colocadas no salão de entrada, e o mensageiro ficou sob os cuidados dos criados até que tivesse se alimentado devidamente. Então, com ajuda, munido de martelo, cinzel e chave de fenda, ele nos encontrou no salão, onde nos reunimos para acompanhar enquanto ele abria as caixas.

Carmilla ficou olhando com indiferença, enquanto os quadros antigos, quase todos retratos, que tinham passado pelo processo de restauração, um após o outro, eram trazidos à luz. Minha mãe era de uma antiga família húngara, e a maioria desses quadros, prestes a serem recolocados em seus lugares, chegaram até nós por meio dela.

Meu pai segurava uma lista nas mãos, a qual ele lia, enquanto o rapaz conferia as numerações correspondentes. Não sei dizer se os quadros eram de boa qualidade, mas eram, sem dúvida, muito antigos, e alguns deles também muito peculiares. Posso afirmar que eles tinham, em sua maioria, o mérito de serem vistos por mim pela primeira vez, pois a fumaça e a poeira do tempo os tinham danificado.

— Há um quadro que ainda não vi — disse meu pai. — Tem o nome "Marcia Karnstein" e a data "1698" escritos no canto superior; estou curioso para ver como ficou.

Eu me lembrava dele: era um retrato pequeno, com cerca de cinquenta centímetros, um pouco largo e sem moldura; mas estava tão escurecido pelo tempo que não era possível identificar a imagem.

O artista o retirava da caixa, com evidente orgulho. Era muito bonito, magnífico, parecia vivo. Era a efígie de Carmilla!

— Carmilla, querida, isso é mesmo um milagre. Eis você, viva, sorridente, como se estivesse prestes a falar, neste retrato. Não é lindo, papai? Veja, mostra até a pequena mancha no pescoço dela.

Meu pai riu e disse:

— Certamente, é uma semelhança incrível.

Porém, ele desviou o olhar e, para minha surpresa, pareceu pouco impressionado, e continuou falando com o restaurador de quadros, que também era um tipo de artista. Discursou com inteligência sobre os retratos ou outras obras que sua arte tinha acabado de trazer à luz e à cor. Enquanto isso, eu estava cada vez mais perdida de admiração, à medida que contemplava o quadro.

— Posso pendurar este quadro no meu quarto, papai?

— É claro, querida — disse ele, sorrindo. — Estou muito feliz que tenha gostado dele. Creio que seja mais bonito ainda do que eu me lembrava.

A senhorita não prestou muita atenção no belo discurso, não pareceu nem sequer ouvi-lo. Ela estava recostada na cadeira, seus belos olhos sob os longos cílios me contemplando, enquanto ela sorria em êxtase.

— Agora é possível ler nitidamente o nome escrito no canto. Não é Marcia, parece que foi grafado em ouro. O nome é Mircalla, condessa de Karnstein, tem uma pequena coroa em cima do nome e embaixo, d.C. 1698. Eu sou descendente dos Karnstein, ou melhor, minha mãe era.

— Ah! — disse Carmilla, de forma apática. — Eu também sou, acho, uma descendência bem antiga, muito antiga. Há algum Karnstein ainda vivo?

— Nenhum que use o sobrenome, creio eu. A família foi arruinada, se não me engano, em alguma das guerras civis, há muito tempo, mas as ruínas do castelo estão apenas a cerca de cinco quilômetros daqui.

— Que interessante! — comentou ela letárgica. — Veja como a lua está linda! — Ela olhou através da porta de entrada, entreaberta. — Está um ótimo clima para um passeio pela propriedade, para admirar a estrada e o rio.

— Está como na noite em que você apareceu — respondi.

Ela suspirou, sorrindo. Levantou-se e, me abraçando pela cintura, saímos para um passeio.

Em silêncio, descemos lentamente até a ponte levadiça, onde a bela paisagem se abriu diante de nós.

— Então estava pensando na noite em que cheguei? — indagou ela quase em sussurro. — Está feliz com minha presença?

— Encantada, querida Carmilla — respondi.

— E você pediu para pendurar em seu quarto o retrato que achou parecido comigo — murmurou ela com um suspiro, enquanto apertava o braço em minha cintura, e deixava sua linda cabeça afundar em meu ombro.

— Como você é romântica, Carmilla — disse eu. — Quando me contar sua história, imagino que ela será cheia de grandes romances.

Em silêncio, ela me beijou.

— Tenho certeza, Carmilla, de que já se apaixonou, e, neste momento, há alguém por quem seu coração bate.

— Não me apaixonei por ninguém e nunca me apaixonarei — sussurrou ela —, a menos que seja por você.

Como ela estava linda sob a luz do luar!

Com um olhar tímido e estranho, ela rapidamente escondeu o rosto entre meu pescoço e meus cabelos, suspirando repetidas vezes, parecendo quase soluçar, e com a mão trêmula apertou a minha.

A bochecha macia dela brilhava contra a minha.

— Querida, querida — murmurou. — Eu vivo em você, e você morreria por mim, eu a amo tanto.

Tive um sobressalto e me afastei.

O rosto dela estava sem cor, apático. O fogo e a intensidade em seu olhar desapareceram.

— Está um pouco frio, não acha, querida? — perguntou, sonolenta. — Estou quase tremendo. Isso é um sonho? Vamos entrar. Venha, vamos voltar.

— Você parece doente, Carmilla, e um pouco fraca. Acho que deve tomar um pouco de vinho.

— Sim, vou tomar. Estou melhor agora. Ficarei melhor em pouco tempo. Sim, dê-me um pouco de vinho — respondeu Carmilla, enquanto nos aproximávamos da entrada.

— Vamos olhá-la novamente por um momento; esta é a última vez, talvez, que verei a luz da lua com você.

— Como se sente, querida Carmilla? Está melhor mesmo? — perguntei.

Eu estava começando a ficar alarmada, com medo de que ela fosse atingida pela estranha epidemia que diziam ter invadido o país.

— Papai ficaria desolado — acrescentei —, se ele imaginasse que esconde alguma doença. Temos um médico muito hábil ao nosso dispor, o mesmo que esteve hoje com o papai.

— Tenho certeza de que sim. Sei como todos vocês são amáveis; mas, querida criança, já estou melhor. Nunca há nada de errado comigo, só um pouco de fraqueza. As pessoas dizem que sou debilitada, incapaz de me esforçar, não consigo caminhar mais do que uma criança de três anos e, de vez em quando, a pouca força que tenho vacila, e fico do jeito que acabou de me ver. Mas, por fim, consigo me recuperar, depois de um momento, estou perfeitamente melhor. Veja como me recuperei.

De fato, ela parecia mesmo ter se recuperado, e ficamos conversando por bastante tempo. Ela estava muito animada, e o restante daquela noite passou sem nenhuma recorrência do que eu chamava de seu afeto excessivo. Refiro-me à forma excêntrica que ela falava e me olhava, a qual me deixava envergonhada e até me amedrontava.

Entretanto, naquela noite, aconteceu um evento que me fez mudar os pensamentos, e pareceu transformar até mesmo a natureza lânguida de Carmilla em energia momentânea.

6

CAPÍTULO 6

UMA AGONIA MUITO ESTRANHA

Quando entramos na sala de visitas e nos sentamos para nosso lanche da noite, embora Carmilla não houvesse comido nada, ela parecia estar bem melhor de novo. Madame e mademoiselle De Lafontaine se juntaram a nós e aproveitaram para jogar um pouco de cartas, quando papai entrou para a sua "pausa para o chá", como ele chamava.

Quando o jogo acabou, ele se sentou ao lado de Carmilla no sofá e perguntou-lhe, um pouco ansioso, se ela tinha tido notícias da sua mãe desde que chegara.

Ela respondeu que não.

Ele então perguntou se ela esperava receber alguma carta em breve.

— Não tenho certeza — respondeu ela, incerta —, mas tenho pensado em ir embora; vocês têm sido muito hospitaleiros e gentis comigo. Já causei muitos problemas e gostaria de pegar uma carruagem amanhã, para ir em busca de minha mãe. Tenho ideia de onde posso encontrá-la, porém ainda não posso lhes contar.

— Mas nem pense em uma coisa dessas — exclamou papai, para meu grande alívio. — Não podemos deixá-la ir dessa forma, e não consentirei que o faça, exceto sob os cuidados da sua mãe, ela foi tão boa em permitir que ficasse conosco até que ela voltasse. Eu ficaria muito feliz em saber que a senhorita teve notícias dela, mas, esta noite, os relatos da proliferação da misteriosa doença que invadiu nossa vizinhança se tornam ainda mais alarmantes; e, minha bela convidada, sinto-me muito responsável pela senhorita, na ausência dos conselhos de sua mãe. Farei o meu melhor; e, uma coisa é certa, não deve pensar em deixar-nos sem a aprovação dela. Todos nós sofreremos muito com sua partida.

— Obrigada, senhor, mil vezes pela sua hospitalidade — respondeu ela, sorridente e acanhada. — Vocês todos foram muito amáveis comigo; raramente fui tão feliz em toda minha vida, como aqui, em seu belo castelo, sob seus cuidados, e na companhia de sua querida filha.

Então ele, galantemente, à sua maneira antiga, beijou-lhe a mão, sorrindo e satisfeito com as palavras dela.

Como de costume, acompanhei Carmilla até o quarto, e ficamos conversando enquanto ela se preparava para dormir.

— Você acha que alguma vez vai confiar plenamente em mim? — perguntei.

Ela se virou, sorrindo, mas não respondeu, só continuou a sorrir para mim.

— Não vai responder? Não pode responder sem me magoar, não é? Eu não devia ter perguntado.

— Tem todo o direito de me perguntar isso, ou qualquer coisa. Você não sabe o quanto é querida para mim, nem imagina como tê-la como minha confidente é tudo o que eu poderia querer. Apesar disso, fiz um juramento maior do que os votos de uma freira e ainda não ouso contar minha história, nem mesmo a você. Muito em breve, poderá saber tudo. Você achará que sou cruel, muito egoísta, mas o amor é sempre egoísta; quanto mais ardente, mais egoísta. Você nem imagina o quanto eu sou ciumenta. Deve ficar comigo, amando-me, até a morte; ou então me odeie e, ainda assim, fique ao meu lado, *odiando-me* mesmo depois da morte. Não existe palavra como "indiferença" na minha natureza apática.

— Ora, Carmilla, de novo com seus disparates — disse eu, impaciente.

— Eu não, tola como sou e cheia de caprichos e fantasias; pelo seu bem, serei prudente. Diga, já esteve em um baile?

— Um baile? Não. Você já foi? Como é? Creio que seja muito encantador.

— Quase não me lembro, já faz tanto tempo.

Eu ri.

— Você não é assim tão velha. Não pode ter se esquecido do seu primeiro baile.

— Lembro-me bem de cada detalhe, com algum esforço. Eu vejo, como mergulhadores veem o que acontece acima deles, através de uma atmosfera densa, ondulante, mas transparente. O que aconteceu naquela noite conturbou todo o cenário e apagou todas as cores. Quase fui assassinada na minha própria cama, fui ferida aqui. — Ela tocou o peito. — Desde então, nunca mais fui a mesma pessoa.

— Você quase morreu?

— Sim, um amor muito cruel e estranho teria tirado minha vida. O amor é feito de sacrifícios. Não há sacrifícios sem sangue. Vamos dormir, sinto-me tão preguiçosa. Mal consigo me levantar para trancar a porta.

Ela estava deitada com as mãos minúsculas enroladas no cabelo ondulado e volumoso, encostado no rosto, a cabeça pequena sobre o travesseiro, e os olhos brilhantes seguiam-me para onde quer que eu fosse, com um sorriso tímido que eu não conseguia decifrar.

Desejei-lhe boa noite e saí do quarto com uma sensação desconfortável.

Muitas vezes, pensei se nossa bela convidada fazia suas orações. Eu certamente nunca a vi ajoelhada na beira da cama para rezar. Pela manhã, ela só descia muito depois de fazermos nossas orações familiares e, à noite, ela nunca saía da sala de visitas para assistir às nossas breves orações noturnas no salão.

Eu teria duvidado do fato de ela ser cristã se não fosse por uma casualidade, em uma de nossas conversas, ela mencionou ter sido batizada. Acho que ela nunca disse uma palavra sobre religião. Se eu conhecesse mais do mundo, essa negligência ou antipatia em particular não teria me surpreendido tanto.

As precauções das pessoas ansiosas são contagiosas, e as pessoas de temperamento semelhante têm a certeza de, após algum tempo, imitá-las. Eu tinha adotado o hábito de Carmilla de trancar a porta do quarto, tendo colocado em meus pensamentos todos os seus alarmes caprichosos sobre invasores da meia-noite e assassinos à espreita. Eu também adotei a precaução dela de fazer uma breve busca pelo quarto, para me certificar de que nenhum assassino ou assaltante estivesse "escondido".

Depois de tomar essas medidas sensatas, me deitei na minha cama e adormeci. Uma vela ficava acesa no meu quarto. Era um velho hábito que eu tinha desde mais jovem, do qual não me desfazia por nada. Assim, segura, eu poderia descansar em paz. Porém, os sonhos vêm através de paredes de pedra, iluminam quartos escuros, ou escurecem os que estão iluminados, e as pessoas, nesses sonhos, entram e saem como bem entendem, rindo daqueles que cuidam da entrada.

Tive um sonho naquela noite que foi o começo de uma agonia muito estranha. Não posso dizer que foi um pesadelo, pois tinha bastante consciência de estar dormindo. Mas eu estava igualmente consciente de estar no meu quarto, deitada na cama, exatamente como me encontrava de fato. Eu via, ou imaginava ver, o quarto e a mobília tal como os tinha visto por último, exceto pelo fato de estar muito escuro. Vi algo se movendo ao redor do pé da cama e, de início, não consegui distinguir o que era. Contudo, logo vi que era um animal de pelo muito escuro, que se parecia com um gato monstruoso. Parecia ter cerca de um metro e meio de comprimento, pois tinha o mesmo tamanho que o tapete próximo à lareira pelo qual passava; e continuava passando de um lado para o outro, com a inquietação veloz e sinistra de um animal em uma gaiola. Eu não conseguia gritar, embora, como você pode supor, eu estivesse aterrorizada. O seu ritmo ficava cada vez mais rápido, a sala cada vez mais escura, tão escura que eu não via mais nada, a não ser os olhos dele. Senti-o saltar levemente sobre a cama. Os dois olhos arregalados aproximaram-se do meu rosto, e de repente senti uma dor pungente, como se duas agulhas grandes tivessem sido cravadas, uma ao lado da outra, no fundo do meu peito.

Acordei com um grito. O quarto estava iluminado pela vela que ardia ali durante toda a noite, e vi uma figura feminina aos pés da cama, posicionada mais ao lado direito. Estava com um vestido escuro e largo, e os cabelos soltos, cobrindo os ombros. Um bloco de pedra não poderia estar mais rígido. Não havia o menor sinal de que respirava. Enquanto eu olhava para ela, a figura parecia ter mudado de lugar, e agora estava mais perto da porta; então, perto dela, a porta se abriu, e ela desapareceu.

No momento, eu estava aliviada, e conseguia respirar e me mover. Meu primeiro pensamento foi que Carmilla estava me pregando uma peça, e que eu tinha esquecido de trancar a porta. Apressei-me até lá e encontrei-a trancada, como sempre, por dentro. Tive medo de abri-la, estava horrorizada. Voltei a deitar na cama, cobri minha cabeça com o lençol e fiquei lá mais morta do que viva até amanhecer.

7

CAPÍTULO 7

A DESCIDA

Seria vã a minha tentativa de relatar o horror com que, mesmo agora, me lembro da ocorrência daquela noite. Não foi um pavor passageiro como a sensação que um pesadelo deixa para trás. Parecia aumentar com o tempo e se embrenhar pela sala e pela própria mobília que envolvia a aparição.

Ansiava para o dia seguinte chegar logo, para poder ficar sozinha por um momento. Eu devia ter contado ao papai, mas não o fiz por dois motivos: pensei que ele caçoaria da minha história, eu não poderia suportar que o assunto fosse tratado como uma chacota; e também achei que ele poderia imaginar que eu tivesse sido acometida pela misteriosa enfermidade que havia invadido as redondezas. Eu mesma não tinha esse tipo de receio, e, como papai ficou doente por alguns meses, tive medo de alarmá-lo.

Eu estava confortável o suficiente com minhas agradabilíssimas companheiras, madame Perrodon e a vivaz mademoiselle De Lafontaine. Ambas perceberam que eu estava desanimada e ansiosa. Por fim, contei-lhes o que pesava tanto em meu coração.

Mademoiselle riu, mas percebi que madame Perrodon parecia apreensiva.

— De fato — disse mademoiselle, rindo —, a longa estradinha do limoeiro, atrás da janela do quarto de Carmilla, é assombrada!

— Bobagem! — exclamou madame, que provavelmente achou o tema bastante inoportuno. — E quem lhe contou essa história, minha querida?

— Martin disse que veio aqui duas vezes, quando o velho portão do jardim estava sendo consertado, antes do nascer do sol e, nas duas vezes, viu a mesma figura feminina andando pela estrada do limoeiro.

— Ele pode ter visto mesmo, enquanto houver vacas nos campos do rio, haverá uma mulher para ordenhá-las. — disse madame Perrodon.

— Pode até ser verdade; mas Martin é muito medroso, nunca vi tolo mais assustado.

— Não digam uma palavra sobre isso a Carmilla, porque ela consegue ver a estrada pela janela do quarto — interpus — e é, se possível, mais covarde do que eu.

Carmilla desceu mais tarde do que o habitual naquele dia.

— Fiquei tão assustada ontem à noite — disse ela —, tenho certeza de que teria visto algo terrível se não fosse aquele amuleto que comprei do pobre corcunda que chamei de nomes tão duros. Sonhei que algo obscuro rodeava minha cama, acordei apavorada e pensei, mesmo por alguns segundos, ter visto uma figura sombria perto da lareira, mas procurei pelo amuleto debaixo do travesseiro, e no momento em que meus dedos o tocaram, a figura desapareceu. Tive a certeza de que algo assustador teria aparecido e, talvez, me estrangulado, como fez com aquelas pobres pessoas de quem ouvimos falar.

— Bem, escute-me — comecei e contei-lhe minha aventura, ela parecia horrorizada ao ouvir a narrativa.

— O seu amuleto estava perto de você? — perguntou ela, séria.

— Não, eu o tinha colocado em um vaso de porcelana na sala de visitas, mas certamente o levarei comigo esta noite, já que você tem tanta fé nele.

Depois de tanto tempo, não consigo dizer, ou mesmo compreender, como superei tão bem meu medo a ponto de me deitar sozinha em meu quarto naquela noite. Lembro-me com bastante clareza de ter colocado o amuleto próximo ao meu travesseiro. Adormeci quase no mesmo instante, e dormi ainda mais profundamente do que de costume a noite toda.

A noite seguinte também correu sem dificuldades. Meu sono foi deliciosamente profundo e sem sonhos. Apesar de ter acordado com uma sensação de cansaço e melancolia, não era nada além de um capricho.

— Bem, eu lhe disse — argumentou Carmilla, quando descrevi meu sono tranquilo. — Eu mesma tive um sono tão delicioso ontem à noite; coloquei o amuleto perto do peito, por dentro da minha camisola. Estava muito longe na noite anterior. Tenho certeza de que foi tudo imaginação, exceto os sonhos. Eu pensava que os espíritos malignos manipulavam os sonhos, mas nosso médico disse que não é nada disso. É apenas uma febre passageira ou algum outro mal-estar. Ele disse: "Como acontece com frequência, a enfermidade bate à porta e, não conseguindo entrar, segue em frente, sem grande estardalhaço".

— Você sabe para que serve esse amuleto? — perguntei.

— Foi fumigado ou mergulhado em algum medicamento, e é um antídoto contra a malária — respondeu ela.

— Então age apenas no corpo?

— Certamente, você não acha que os espíritos maus se assustam com pedaços de fita ou com os perfumes de uma botica, não é? Não, essas enfermidades, vagando pelo ar, começam testando os nervos, para depois afetar o cérebro, mas antes que elas possam se apoderar de você, o antídoto os repele. Tenho a certeza de que foi isso que o amuleto fez por nós. Não é nada mágico, é simplesmente natural.

Eu deveria ter ficado mais feliz se pudesse ter concordado com Carmilla, mas fiz o meu melhor, e tinha a impressão de que o amuleto estava perdendo um pouco a sua força.

Por algumas noites, dormi profundamente; mas, ainda assim, todas as manhãs sentia o mesmo cansaço, e uma apatia pesava sobre mim o dia todo. Senti que algo em mim estava diferente. Uma estranha melancolia se apossava de meu ser, uma melancolia que eu não conseguia afastar. Pensamentos sombrios de morte começaram a surgir e uma ideia de que eu estava me afundando lentamente tomou, de forma leve e não indesejável, posse de mim. Se era triste, o estado de espírito que isso induzia, também era doce.

O que quer que seja, a minha alma aquiesceu.

Eu não admitiria que estava doente, não consentiria em contar ao meu pai, ou que mandassem chamar o médico.

Carmilla tornou-se mais devota a mim do que nunca, e seus estranhos paroxismos de lânguida adoração ficaram ainda mais frequentes. Ela se gabava de mim com um ardor crescente à medida que minha força e meu ânimo diminuíam. Isso sempre me chocava como um brilho momentâneo de insanidade.

Sem saber, eu estava em uma fase bastante avançada da doença mais estranha da qual os mortais já sofreram. Havia um fascínio irresponsável, em seus primeiros sintomas, que me reconciliou sobremaneira com o efeito incapacitante daquele estágio da doença. Esse fascínio aumentou durante algum tempo, até chegar a um certo ponto, quando aos poucos uma sensação horrível se misturou a ele, aprofundando-se, como você vai ouvir, até descolorir e perverter todos os aspectos da minha vida.

A primeira mudança que percebi foi bastante agradável. Estava muito perto do ponto de virada a partir do qual começou a descida de Averno[3].

---

3 Averno era o nome de uma cratera vulcânica, hoje chamada Cuma, na região de Campânia, na Itália. Tem quase 3,2 quilômetros de circunferência. Na Roma antiga, acreditava-se que Averno era a entrada para o submundo. [N. E.]

Certas sensações vagas e estranhas me visitaram durante o sono. A que prevaleceu foi aquela agradável e peculiar emoção fria que sentimos ao tomar banho, quando nos movemos contra a corrente de um rio. Isso logo foi acompanhado de sonhos que pareciam intermináveis e eram tão vagos que eu jamais poderia me lembrar de suas paisagens e pessoas, ou de qualquer parte conectada de sua ação. Contudo, eles deixaram uma impressão terrível e uma sensação de exaustão, como se eu tivesse passado por um longo período de grande esforço mental e perigo.

Depois de todos esses sonhos, ficou ali, ao me despertar, uma lembrança de ter estado em um lugar quase escuro e de ter falado com pessoas que eu não podia ver; e especialmente de uma voz distinta, uma voz feminina, muito profunda, que falava lentamente, como se estivesse à distância, produzindo sempre a mesma sensação indescritível de solenidade e de medo. Às vezes, vinha uma sensação como se uma mão passasse suavemente ao longo do meu rosto e do meu pescoço. Às vezes era como se lábios quentes me beijassem de forma cada vez mais carinhosa quando chegavam a meu pescoço, mas ali a carícia se fixava. Meu coração batia mais rápido, minha respiração ofegava como se eu estivesse completamente exaurida; um soluço, que se elevava devido à sensação de estrangulamento, se sobrepunha e se transformava em uma terrível convulsão, na qual eu perdia os sentidos e ficava inconsciente.

Já se passaram três semanas desde o início desse estado incompreensível.

O meu sofrimento, durante a última semana, podia ser visto em minha aparência. Eu tinha ficado pálida; minhas pupilas, dilatadas; as olheiras cobriam meu rosto e a apatia que eu vinha sentindo começou a se manifestar em meu semblante.

Meu pai me perguntava com frequência se eu estava doente; mas, com uma obstinação que agora me parecia inexplicável, eu persistia assegurando-lhe que eu estava muito bem.

De certa forma, isso era verdade. Eu não sentia dor, não podia reclamar de nenhuma desordem corporal. Minha mazela parecia advir da imaginação ou dos nervos, e, por mais horrível que fosse meu sofrimento, eu o mantinha, com uma reserva mórbida, apenas para meu conhecimento.

Não podia ser aquela terrível doença que os camponeses atribuíam ao *upir*, pois eu estava sofrendo há três semanas, e eles raramente ficavam doentes por mais de três dias, quando a morte colocava um fim ao seu tormento.

Carmilla queixou-se de sonhos e sensações febris, mas de forma alguma de um tipo tão alarmante como o meu. O que senti, posso lhe dizer, foi extremamente aterrador. Se eu conseguisse compreender minha condição, teria implorado, de joelhos, por ajuda e conselhos. O narcótico de uma influência insuspeita estava agindo sobre mim, e minhas percepções estavam entorpecidas.

Vou contar agora um sonho que me levou imediatamente a uma estranha descoberta.

Uma noite, em vez da voz que eu estava acostumada a ouvir no escuro, escutei uma voz doce e terna, mas ao mesmo tempo terrível, que dizia:

— A sua mãe lhe avisa para ter cuidado com o assassino.

Ao mesmo tempo, uma luz surgiu inesperadamente, e vi Carmilla, postada perto do pé da minha cama, com sua camisola branca, banhada, do queixo aos pés, por uma grande mancha de sangue.

Acordei com um grito, tomada por uma única ideia de que Carmilla estava sendo assassinada. Lembro-me de ter saído da cama, e minha próxima lembrança é a de estar na entrada, gritando por ajuda.

Madame e mademoiselle vieram correndo de seus quartos, alarmadas; uma vela queimava sempre na entrada, e, ao me verem, logo descobriram a causa de meu terror.

Bati insistentemente à porta de Carmilla. Não houve resposta. Logo as batidas se transformaram em pancadas e alvoroço. Gritamos o nome dela, mas foi tudo em vão.

Ficamos assustadas, pois a porta estava trancada. Apressamo-nos de volta, em pânico, para o meu quarto. Lá tocamos a campainha com furor e desespero. Se o quarto de meu pai fosse daquele lado da casa, teríamos chamado por ele, de imediato, para vir em nosso auxílio. Porém, infelizmente, ele já não escutava muito bem e, para chegar até ele, teríamos que fazer um percurso pelo castelo que nenhuma de nós tinha coragem.

Os criados, no entanto, logo subiram as escadas correndo; eu já tinha vestido o roupão e calçado as pantufas, e minhas companheiras já estavam vestidas de forma semelhante. Reconhecendo as vozes dos criados no átrio, saímos juntas; e tendo renovado, inutilmente, nossa convocação à porta de Carmilla, ordenei aos homens que forçassem a fechadura. Eles o fizeram, enquanto nós segurávamos as velas no alto, na entrada da porta, e, quando a porta se abriu, olhamos para o quarto.

Chamamos por ela, mas ninguém respondia. Procuramos por todo o cômodo. Estava tudo no lugar. Exatamente do mesmo jeito quando a deixei ao desejar-lhe boa-noite. Entretanto, Carmilla havia sumido.

8

CAPÍTULO 8

A BUSCA

Ao avistar o quarto, perfeitamente intacto, exceto por nossa entrada impetuosa, começamos a nos acalmar um pouco e logo recuperamos os sentidos o suficiente para dispensar os homens. Ocorreu a mademoiselle que talvez Carmilla houvesse acordado por causa do alvoroço do outro lado da porta, e sua primeira fora pular da cama e se esconder no armário, ou atrás de uma cortina, de onde não poderia, é claro, sair até que o mordomo e seus mirmídones se retirassem. Recomeçamos nossa busca e chamamos por ela novamente.

Foi tudo em vão. Ficamos mais agitadas e perplexas. Examinamos as janelas, mas estavam fechadas. Implorei a Carmilla, se ela tivesse se escondido, que parasse com aquela brincadeira cruel, saísse do esconderijo para acabar com nossa angústia. Foi inútil. Fiquei convencida de que ela não estava no quarto, nem no quarto de vestir, cuja porta permanecia trancada. Ela não podia ter passado pela porta. Eu estava completamente confusa. Teria Carmilla descoberto uma daquelas passagens secretas que a velha governanta dizia existir no *schloss*, embora a exata localização dessas passagens tivesse se perdido com o tempo? Apesar de estarmos muito atônitas, sem dúvida, o tempo haveria de dar uma explicação.

Já passava das quatro horas, e eu preferia ficar o resto das horas de escuridão no quarto de madame Perrodon. A luz do dia não trouxe solução para o problema.

Na manhã seguinte, todos na casa estavam agitados, inclusive meu pai à frente da situação. Todas as partes do castelo foram revistadas. Os terrenos, sondados. Nenhum vestígio da moça desaparecida foi descoberto. O próximo lugar em que procuraríamos seria o riacho. Meu pai estava desorientado, que história contaria à mãe da pobre garota quando ela retornasse. Eu também estava quase fora de mim, embora minha dor fosse de outro tipo.

Passamos a manhã apreensivos. Era por volta de uma hora, e ainda não tínhamos notícias. Corri para o quarto de Carmilla e a encontrei parada ao lado do toucador. Fiquei espantada. Não conseguia acreditar no que via. Ela fez um gesto com o lindo dedo, em silêncio. Seu rosto expressando pavor.

Corri até ela em êxtase de alegria; beijei-a e abracei-a repetidas vezes. Corri até a campainha e a toquei com veemência, para que os outros subissem e imediatamente aliviassem a ansiedade de meu pai.

— Querida Carmilla, o que aconteceu com você esse tempo todo? Estávamos agoniados lhe procurando — exclamei. — Por onde andou? Como voltou?

— A noite passada foi uma noite maravilhosa — disse ela.

— Pelo amor de Deus, pode explicar o que aconteceu?

— Já passava das duas da madrugada — disse ela — quando fui dormir como de costume na minha cama, com as portas trancadas, tanto a do quarto de vestir como aquela que dá para a entrada da galeria. Meu sono foi ininterrupto e, pelo que me lembro, sem sonhos; mas acordei há pouco no sofá do quarto de vestir e encontrei a porta entre os quartos aberta, e a outra, forçada. Como tudo isso poderia ter acontecido sem que eu tivesse sido acordada? Não é possível que algo assim tenha ocorrido sem causar nenhum barulho, eu tenho o sono leve, despertaria com muita facilidade; como alguém me carregaria para fora da cama sem me acordar, eu que me assusto com a mais leve agitação?

Nessa altura, madame Perrodon, mademoiselle De Lafontaine, meu pai e alguns dos criados chegaram ao quarto. Carmilla foi, naturalmente, sobrecarregada de perguntas, felicitações e boas-vindas. Ela só tinha uma história para contar, e parecia ser a menos capaz de sugerir qualquer explicação do que tinha acontecido.

Meu pai andou pensativo pelo quarto. Vi Carmilla segui-lo com um olhar dissimulado e sombrio.

Quando meu pai mandou os criados embora, mademoiselle foi em busca de uma pequena garrafa de valeriana e sais de amônia, não havendo ninguém no quarto com Carmilla, exceto meu pai, madame e eu. Papai se aproximou de Carmilla, preocupado, pegou a mão dela de maneira muito gentil, levou-a até o sofá e sentou-se ao seu lado.

— Perdoe-me, minha querida, se me atrevo a fazer-lhe uma pergunta.

— Quem seria a melhor pessoa para isso? — disse ela. — Pergunte o que quiser, e contarei. Mas minha história é apenas de assombro e escuridão. Não sei absolutamente nada. Faça qualquer pergunta, mas ciente, claro, das limitações que mamãe me colocou.

— Ótimo, minha querida criança. Não preciso abordar os assuntos sobre os quais ela deseja nosso silêncio. O fascínio da noite passada consiste em a senhorita ter sido tirada de sua cama e do quarto, sem ser acordada; ao que parece, isso aconteceu enquanto as janelas ainda estavam fechadas e as duas portas, trancadas pelo lado de dentro. Vou lhe dizer minha teoria e fazer-lhe uma pergunta.

Carmilla se apoiava na mão com desinteresse; madame e eu ouvíamos sem respirar.

— Minha pergunta é: alguma vez já a encontraram andando enquanto dormia?

— Nunca, desde que eu era muito jovem.

— Mas a senhorita andava durante o sono quando era jovem?

— Sim; eu sei que sim. A babá que cuidava de mim me disse várias vezes.

Meu pai sorriu e balançou a cabeça.

— Bem, o que aconteceu foi o seguinte. A senhorita se levantou durante o sono, destrancou a porta, não deixando a chave, como de costume, na fechadura, mas tirando-a e trancando-a do lado de fora; novamente tirou a chave e levou-a consigo para um dos 25 quartos deste andar, ou talvez para o andar de cima ou o de baixo. Há tantos cômodos e armários, tanta mobília pesada e tantas coisas acumuladas que seria necessária uma semana para revistar minuciosamente esta velha casa. Consegue entender o que quero dizer?

— Consigo, mas não por completo — respondeu ela.

— Papai, como ela foi parar no sofá do quarto de vestir, onde procuramos com toda atenção?

— Ela chegou lá depois que vocês a procuraram, ainda dormindo, acordou espontaneamente e ficou tão surpresa ao se encontrar onde estava quanto qualquer outra pessoa. Gostaria que todos os mistérios fossem explicados de modo tão fácil e inocente como o seu, Carmilla — disse ele, rindo. — E assim podemos nos congratular pela certeza de que a explicação mais natural para a ocorrência é aquela que não envolve nenhum uso de medicamentos, nenhuma adulteração de fechaduras, nenhum assaltante, envenenador ou bruxa. Nada que precise alarmar Carmilla, ou qualquer outra pessoa, pela nossa segurança.

Carmilla estava com um aspecto encantador. Nada poderia ser mais bonito do que a cor de sua pele. A beleza dela era, penso eu, realçada por aquela languidez graciosa que lhe era peculiar.

Acho que meu pai estava comparando, em silêncio, a aparência dela com a minha, porque ele disse:

— Queria que minha pobre Laura se parecesse mais consigo mesma — suspirou.

Então nossas angústias foram acalmadas, e Carmilla voltou para a companhia de seus amigos.

9

CAPÍTULO 9

O MÉDICO

Como Carmilla não queria que uma criada dormisse em seu quarto, meu pai providenciou para que alguém ficasse de guarda do lado de fora, para que ela não saísse outra vez como sonâmbula sem ser vista.

Aquela noite passou tranquilamente e, na manhã seguinte bem cedo, o médico, que meu pai tinha mandado chamar sem me dizer uma palavra, chegou para me ver. Madame Perrodon me acompanhou até a biblioteca; o médico, sério, de baixa estatura, cabelos brancos e óculos, que mencionei antes, me esperava lá. Contei-lhe a minha história, e, à medida que a narrativa avançava, ele foi ficando cada vez mais sisudo.

Estávamos de pé, ele e eu, próximos de uma das janelas, de frente um para o outro. Quando terminei minha declaração, ele encostou os ombros contra a parede e me olhou de maneira firme, transparecendo um traço de temor no olhar.

Após um minuto de reflexão, ele perguntou à madame se podia ver meu pai.

Assim, meu pai foi chamado e, ao entrar, disse, sorridente:

— Atrevo-me a dizer, doutor, que me considera um velho tolo por tê-lo trazido aqui, espero ser.

Porém, seu sorriso se desvaneceu na sombra enquanto o médico, com o rosto muito severo, acenou.

Eles conversaram durante algum tempo, no mesmo lugar em que eu estava com o médico minutos antes. Parecia uma conversa séria e argumentativa. O cômodo era muito grande, eu e a madame ficamos juntas, ardendo de curiosidade, no canto do outro lado. No entanto, não conseguíamos ouvir nem uma palavra, pois eles falavam em tom muito baixo, e o vão profundo da janela escondia muito bem o médico de nosso alcance, assim como meu pai, de quem só podíamos ver o pé, o braço e o ombro. A parede espessa e a janela impediam que ouvíssemos as vozes.

Depois de um tempo, meu pai olhou para dentro da sala; estava pálido, pensativo, e, eu imaginava, agitado.

— Laura, querida, venha cá um momento. Madame, o médico disse que não precisamos incomodar a senhora por enquanto.

Como pedido, eu me aproximei, pela primeira vez, um pouco alarmada; pois, embora me sentisse muito fraca, não me sentia doente; e a força, como imaginamos, é uma coisa que podemos recuperar quando quisermos.

Meu pai estendeu a mão para mim, enquanto eu me aproximava, mas ele estava olhando para o médico, e disse:

— É certamente muito estranho, não entendo muito bem. Laura, venha cá, querida, ouça o doutor Spielsberg, e lembre-se de cada detalhe.

— A senhorita mencionou uma sensação como a de duas agulhas perfurando a pele, próximo do seu pescoço, na noite em que teve o primeiro sonho horrível. Ainda sente alguma dor?

— Nenhuma — respondi.

— Pode indicar com a mão onde sentiu a dor?

— Um pouco abaixo do meu pescoço, aqui — mostrei o local.

Eu usava um vestido matinal que cobria o lugar para onde apontava.

— Pode ficar mais à vontade — disse o médico. — Não se importa de seu pai baixar um pouco seu vestido, não é? É necessário, para detectar o sintoma das dores que a senhorita tem sofrido.

Consenti. Estava apenas um ou dois centímetros abaixo da borda do meu colarinho.

— Minha nossa! É isso mesmo — exclamou meu pai, ficando pálido.

— O senhor vê agora com seus próprios olhos — disse o médico, com um triunfo sombrio.

— O que é? — perguntei, assustada.

— Nada, minha querida jovem, além de uma pequena mancha azulada, do tamanho da ponta do seu dedo mindinho; então — continuou ele, voltando-se para papai —, a questão é: o que será o melhor a ser feito?

— Há algum perigo? — insisti, com grande inquietação.

— Espero que não, minha querida — respondeu o médico. — Não vejo porque não deve se recuperar. Não vejo motivo para não se sentir melhor neste instante. É nesse ponto que sente a sensação de estrangulamento?

— Sim — respondi.

— Tente lembrar-se de mais detalhes. O mesmo ponto foi uma espécie de centro daquela emoção que descreveu a pouco, como a corrente de um riacho gelado correndo pela sua pele?

— Pode ter sido, acho que sim.

— Sim, percebe? — acrescentou ele, voltando-se para meu pai. — Posso ter uma conversa breve com madame Perrodon?

— É claro — disse meu pai.

Ele chamou a madame, e o médico lhe disse:

— Acho que minha jovem amiga aqui não está nada bem. Imagino que não fará muita diferença, mas será necessário tomar algumas precauções, que explicarei em breve; enquanto isso, madame, será de extrema importância que não deixe a senhorita Laura ficar sozinha nem um só momento. Essa é a única recomendação que preciso lhe dar por enquanto. É indispensável.

— Podemos confiar na sua bondade, madame, eu sei — acrescentou meu pai.

Madame Perrodon garantiu, apreensiva.

— E você, querida Laura, sei que vai aceitar as recomendações do médico — continuou ele. — Terei de pedir sua opinião sobre outra paciente, cujos sintomas se assemelham ligeiramente aos da minha filha, que acabam de lhe ser detalhados, muito mais suaves, mas creio que sejam parecidos. Ela é uma jovem moça, nossa convidada; mas, como o senhor disse que vai passar por aqui novamente esta noite, pode fazer melhor e jantar aqui, e, então, poderá vê-la. Ela só desce de seu quarto no período da tarde.

— Eu agradeço o convite — disse o médico. — Estarei aqui, então, esta noite por volta das sete.

Assim, eles repetiram as orientações para mim e para a madame. Em seguida, meu pai saiu com o médico; eu os vi caminhando juntos por entre a estrada e o canal, na passagem gramada em frente ao castelo, evidentemente absorvidos em alguma conversa importante.

O médico não voltou. Eu o vi montar em seu cavalo, despedir-se, e cavalgar para o leste através da floresta.

Quase ao mesmo tempo, vi um homem chegar de Dranfield com algumas cartas, desmontar do cavalo e entregar a bolsa ao meu pai.

Nesse ínterim, madame Perrodon e eu estávamos ocupadas, perdidas em conjecturas sobre os motivos das importantes e distintas orientações que o médico e meu pai haviam concordado em nos impor. Madame, como ela me disse depois, temia que o médico houvesse previsto uma crise repentina e que, sem ajuda imediata, eu pudesse perder minha vida em um ataque ou ficar gravemente ferida.

A explicação não me convenceu; e imaginei, talvez felizmente para os meus nervos, que o arranjo fosse prescrito apenas para garantir que eu tivesse uma companhia, a qual me impedisse de fazer esforço, comer algo indigesto ou fazer alguma coisa tola a que os jovens são supostamente propensos.

Cerca de meia hora depois, meu pai entrou com uma carta na mão, dizendo:

— Esta carta chegou atrasada, é do general Spielsdorf. Creio que ele tenha vindo aqui ontem, pode retornar até amanhã ou pode vir ainda hoje.

Ele colocou a carta aberta em minha mão; mas não pareceu satisfeito, como ficava quando um convidado, especialmente um tão amado como o general, estava chegando.

Pelo contrário, papai parecia desejar que o convidado afundasse no mar Vermelho. Era nítido que estava pensativo, mas não quis dividir o que se passava em sua mente.

— Papai, querido, se eu lhe perguntar uma coisa o senhor responderá com sinceridade? — perguntei, de repente, colocando a mão em seu braço e encarando-o com um olhar suplicante.

— Talvez — respondeu ele, retirando o cabelo que caía sobre meus olhos.

— O médico acha que estou muito doente?

— Não, querida; ele pensa que, se os passos certos forem dados, logo você estará bem de novo, pelo menos, no caminho certo para uma recuperação completa, em um ou dois dias — respondeu ele, um pouco seco. — Gostaria que o nosso bom amigo, o general, tivesse escolhido qualquer outra hora; isto é, gostaria que você estivesse bem recuperada para recebê-lo.

— Mas diga, papai — insisti —, o que o médico pensa que se passa comigo?

— Nada, não deve me atormentar com perguntas — respondeu ele, mais irritado do que já o vi antes; mas percebendo que eu parecia sentida, suponho, me deu um beijo e acrescentou — Saberá tudo sobre isso em um dia ou dois; isso é o que eu sei. Por enquanto, não deve se preocupar com nada.

Ele se virou e saiu da sala, mas voltou, antes que eu conseguisse refletir sobre a estranheza de tudo isso, apenas para dizer que ele estava indo para Karnstein; tinha ordenado que a carruagem estivesse pronta ao meio-dia, e disse que madame Perrodon e eu devíamos acompanhá-lo. Ele ia ver o clérigo que vivia perto daqueles terrenos pitorescos, a negócios, e como Carmilla nunca os tinha visto, ela podia segui-lo quando descesse, com mademoiselle, que traria as coisas para fazermos uma espécie de piquenique no castelo em ruínas.

Ao meio-dia, portanto, eu estava pronta, e não muito tempo depois, meu pai, madame e eu partimos para o nosso passeio.

Passando a ponte levadiça, viramos à direita e seguimos a estrada sobre a íngreme ponte gótica, para oeste, em direção à aldeia deserta e ao castelo em ruínas de Karnstein.

Nenhum passeio rústico pode ser considerado mais bonito. O solo se quebra em suaves colinas e ravinas, envolvidas de belas florestas, totalmente desprovidas da formalidade comparativa que o plantio artificial, a cultura e a poda precoce proporcionam.

As irregularidades do solo, muitas vezes, levam a estrada para fora do seu curso, e fazem com que ela serpenteie lindamente ao redor das ravinas e dos lados mais íngremes das colinas, entre as variedades de solo quase inesgotável.

Ao virar em um desses pontos, de repente, encontramos nosso velho amigo, o general, cavalgando em nossa direção, assistido por um criado também montado. Suas bagagens vinham atrás em uma carroça alugada.

O general desmontou enquanto parávamos e, após as habituais saudações, foi facilmente persuadido a aceitar o lugar vago na carruagem e a mandar seu cavalo com o criado para o *schloss*.

10

CAPÍTULO 10

LUTO

Fazia cerca de dez meses desde a última vez que vimos o general, mas esse tempo tinha sido suficiente para deixá-lo com uma aparência bem mais envelhecida. Tinha ficado mais magro; a serenidade cordial, tão característica às suas feições, parecia ter sido substituída por um ar de tristeza e ansiedade. Seus olhos azuis-escuros, sempre penetrantes, brilhavam de forma mais severa sob as sobrancelhas grisalhas e desgrenhadas. Uma mudança motivada não apenas pelo luto, mas também pelo furor que habitava dentro dele.

Ao retomarmos o caminho para o passeio, o general começou a falar, com sua habitual franqueza de soldado, do luto, como ele o chamou, sofrido pela morte da sua querida sobrinha e pupila; e então irrompeu em um tom de intensa amargura e fúria, indagando contra as "artes infernais", das quais ela havia sido vítima, e expressando, com mais exasperação do que piedade, sua indignação de que o Céu tolerasse tão monstruosa indulgência das luxúrias e malignidade do inferno.

Meu pai, que percebeu de imediato que algo muito extraordinário tinha acontecido, pediu-lhe, se não fosse demasiado doloroso para o general, que detalhasse as circunstâncias que pensava justificar os termos fortes usados para se expressar.

— Eu lhe diria com todo prazer — disse o general —, mas o senhor não acreditaria em mim.

— Por que não? — perguntou papai.

— Porque não acredita em nada além do que consiste seus próprios preconceitos e ilusões. Lembro-me de quando era como o senhor, mas aprendi minha lição — respondeu o general enfurecido.

— Dê-me uma chance, conte-me o que há de errado. Não sou tão dogmático como supõe. Além disso, sei muito bem que, em geral, o senhor exige provas do que acredita e, portanto, estou muito predisposto a respeitar suas conclusões.

— O senhor está certo em supor que eu não fui levado levianamente a acreditar no divino, pois o que eu experimentei é divino, e fui forçado, por evidências extraordinárias, a creditar no que contradizia todas as minhas teorias. Fui enganado por uma conspiração sobrenatural.

Apesar das declarações de confiança na colocação do general, vi meu pai, nesse momento, olhar para ele com uma forte desconfiança da sua sanidade, ao menos assim me pareceu.

O general não notou, felizmente. Ele olhava com tristeza e curiosidade para as clareiras e vistas da floresta que se abriam diante de nós.

— Estão indo para as ruínas de Karnstein? Sim, é uma feliz coincidência; eu estava prestes a lhe pedir que me acompanhasse até lá, para que eu pudesse examinar o local. Tenho um propósito em especial para averiguar. Há uma capela em ruínas com vários túmulos daquela família extinta, não há?

— Sim, e são muito interessantes — respondeu meu pai. — Espero que esteja pensando em pleitear o título e as propriedades.

Meu pai disse isso com alegria, mas o general não se lembrava como era rir, ou mesmo sorrir, como a cortesia pede que façamos para a piada de um amigo; pelo contrário, ele parecia conspícuo e até impetuoso, ruminando um assunto que despertava sua raiva e horror.

— Pelo contrário — disse ele, ríspido. — Quero desenterrar algumas daquelas pessoas. Espero, pela bênção de Deus, cometer aqui um piedoso sacrilégio, que libertará nossa terra de certos monstros e permitirá que pessoas honestas durmam em suas camas sem serem atacadas por assassinos. Tenho coisas estranhas para lhe contar, meu caro amigo, eu mesmo as teria considerado incríveis há alguns meses.

Meu pai olhou para ele novamente, mas, dessa vez, não com um olhar desconfiado, e sim com um olhar aguçado e alarmado.

— A casa dos Karnstein foi demolida há muito tempo, cem anos, pelo menos. — disse ele. — A minha querida esposa era descendente materna dos Karnstein. Mas o nome e o título há muito deixaram de existir. O castelo é uma ruína, a própria aldeia está deserta; faz cinquenta anos desde que a fumaça de uma chaminé foi vista ali, não sobrou nenhum telhado.

— Verdade. Tenho ouvido falar muito sobre isso desde a última vez que o vi; e muita coisa o surpreenderá. Mas é melhor eu relatar tudo na ordem em que ocorreu — disse o general. — O senhor viu minha querida pupila, minha filha, como gosto de chamá-la. Nenhuma criatura poderia ter sido mais bela e, há apenas três meses, não resplandece mais.

— Sim, pobrezinha! Quando a vi pela última vez, ela certamente estava muito adorável — disse meu pai. — Fiquei triste e chocado mais do que posso dizer-lhe, meu caro amigo; imagino quão duro foi o golpe que lhe atingiu.

Ele pegou na mão do general, e eles trocaram um longo cumprimento. Lágrimas se acumularam nos olhos do velho soldado. Ele não procurou escondê-las e disse:

— Temos sido velhos amigos há muito tempo; eu sabia que ficaria triste por mim, já que não tenho filhos. Ela havia se tornado um objeto de interesse muito próximo a mim, e retribuía meus cuidados com um carinho que animava minha casa e fazia minha vida feliz. Tudo isso se foi. Os anos que me restam na Terra podem não ser muito longos; mas, pela misericórdia de Deus, espero prestar um serviço à humanidade antes de morrer e servir de instrumento para a vingança do Céu contra os demônios que assassinaram minha pobre criança no berço de suas esperanças e beleza!

— O senhor disse, há pouco, que pretendia relatar tudo como ocorreu — disse meu pai. — Por favor, faça-o, eu lhe asseguro que não é a mera curiosidade que me incita.

Nessa altura, já tínhamos chegado ao ponto em que a estrada Drunstall, pela qual o general tinha vindo, diverge da estrada que percorríamos até Karnstein.

— Qual é a distância até as ruínas? — perguntou o general, olhando ansiosamente para a frente.

— Cerca de dois quilômetros — respondeu meu pai. — Por favor, conte-nos a história que prometeu com tanto anseio.

11

CAPÍTULO 11

A HISTÓRIA

— Com todo prazer — disse o general, com certa dificuldade.

Depois de uma breve pausa, para organizar os pensamentos, ele iniciou uma das narrativas mais estranhas que já ouvi.

— Minha querida filha aguardava com grande prazer a visita que o senhor providenciou de maneira tão gentil para sua encantadora Laura — nesse ponto, ele me ofereceu uma reverência cortês, mas melancólica. — Entretanto, recebemos um convite do meu velho amigo, o conde Carlsfeld, cujo *schloss* fica a cerca de trinta quilômetros do outro lado de Karnstein. Era um convite para a série de festas que, como deve se lembrar, foram dadas por ele em homenagem ao seu ilustre visitante, o grão-duque Charles.

— Sim, e creio que tenham sido muito esplêndidas — disse meu pai.

— Deslumbrantes! A hospitalidade dele é bastante suntuosa. Parece até mesmo ter a lâmpada do Aladdin. Minha tristeza começou na noite dedicada a um magnífico baile de máscaras. Todo o espaço da propriedade foi usado para a festa e enfeitado com lâmpadas coloridas penduradas nas árvores. Houve uma exibição de fogos de artifício tal como Paris nunca presenciara. E a música... o senhor sabe que a música é minha fraqueza. Uma melodia tão extasiante! A melhor banda instrumental, talvez, do mundo, e os melhores cantores que poderiam ser reunidos de todas as grandes óperas da Europa. Ao vaguear pelos arredores fantasticamente iluminados — o castelo, alumiado pela lua, lançava uma luz rosada de suas longas fileiras de janelas —, de repente, era possível ouvir vozes arrebatadoras, roubando o silêncio de algum bosque ou elevando-se dos barcos sobre o lago. À medida que observava e ouvia, eu me senti transportado de volta ao romance e à poesia de minha juventude precoce.

"Quando os fogos de artifício terminaram e o baile começou, voltamos ao nobre conjunto de salões que foram abertos aos dançarinos. Um baile de máscaras, sabe, é uma bela visão; mas, um espetáculo tão brilhante como aquele, nunca vi. Foi uma convenção com a presença de vários aristocratas. Eu mesmo fui quase o único 'desconhecido' presente.

"Minha querida criança estava muito bonita. Ela não usava máscara. A sua excitação e o seu prazer acrescentaram um encanto indescritível às suas feições, sempre encantadoras. Percebi uma jovem, com um vestido magnífico, usando uma máscara; ela parecia observar minha querida Rheinfeldt com extraordinário interesse. Tinha visto a tal jovem, no início da noite, no grande salão, e novamente, durante alguns minutos, caminhando perto de nós, no terraço sob as janelas do castelo, sempre espreitando minha menina. Uma senhora, também mascarada, vestida com um ar imponente, como uma pessoa de classe, acompanhava a moça.

"Se a jovem não estivesse usando uma máscara, eu poderia, é claro, ter tido muito mais certeza se ela estava realmente vigiando minha pobre querida. Estou, então, certo de que a vigiava.

"Estávamos em um dos salões. Minha pobre criança, após dançar, descansava um pouco em uma das cadeiras perto da porta; eu estava de pé próximo a ela. As duas senhoras que mencionei se aproximaram, e a mais jovem ocupou a cadeira ao lado de Bertha, enquanto a companheira ficou ao meu lado e, durante algum tempo, se dirigiu, em tom baixo, à própria criada.

"Aproveitando-se do privilégio da máscara, ela se virou para mim e, como se fosse uma velha amiga, chamou-me pelo meu nome e iniciou uma conversa comigo, o que despertou em mim uma grande curiosidade. Ela falou de diversas situações em que havia me encontrado: na Corte e em casas distintas. Mencionou pequenos incidentes nos quais eu havia deixado de pensar há muito tempo, mas que, como imaginei, tinham ficado apenas adormecidos em minha memória, pois naquele exato instante voltaram nítidos a meus pensamentos.

"A cada momento, eu ficava mais curioso para saber quem ela era. De forma hábil e agradável, ela evitou minhas tentativas de descobrir sua identidade. O conhecimento que demonstrou de muitas passagens de minha vida parecia-me inexplicável; e ela aparentava sentir um prazer sincero em frustrar minha curiosidade e em me ver titubear em minha ávida perplexidade, de uma conjectura para outra.

"Entretanto, a jovem, a quem sua mãe chamou pelo estranho nome de Millarca, quando se dirigiu a ela uma ou duas vezes, teve, com a mesma facilidade e graça, uma conversa com minha pupila.

"Ela se apresentou dizendo que sua mãe era uma conhecida minha muito antiga. Falou que a máscara tornava possível agir com uma certa dose de audácia bastante agradável, ela conversava como uma amiga íntima, admirava o vestido de Bertha e insinuava muito bem a admiração por sua beleza. Millarca a divertia com críticas risonhas sobre as pessoas que lotavam o salão de baile e ria da diversão de minha desditosa filha. A jovem era muito espirituosa e animada quando lhe agradava, e, depois de um tempo, elas ficaram bem mais amigas, e a jovem desconhecida baixou a máscara, mostrando um rosto notavelmente bonito. Eu e minha querida filha nunca a tínhamos visto antes. Mas, embora fosse novidade para nós, as feições eram tão envolventes, assim como encantadoras, que era impossível não sentir uma forte atração. A minha pobre menina ficou encantadíssima. Nunca vi alguém tão arrebatada com outra pessoa à primeira vista, a não ser que fosse a própria estranha, que parecia ter perdido o coração para Bertha.

"Entretanto, valendo-me da licença de um disfarce, fiz várias perguntas à senhora idosa. Tentarei, portanto, reproduzir o diálogo.

— A senhora me intrigou completamente — disse eu, rindo. — Não é o suficiente? Não consentiria em conversar em pé de igualdade e faria a gentileza de tirar sua máscara?

— Mas que pedido mais despropositado — respondeu ela. — É como pedir a uma senhora para ceder uma vantagem! Além disso, como sabe que vai me reconhecer? O passar dos anos pode mudar as pessoas.

— A senhora verá — disse eu com uma mesura e, suponho, uma risada um pouco melancólica.

— Conforme nos dizem os filósofos — retrucou ela —, como o senhor saberia que ver meu rosto vai ajudá-lo?

— Gostaria de tentar — respondi. — Talvez seja inútil tentar passar-se por uma mulher mais velha, o seu semblante revela o contrário.

— No entanto, já se passaram anos desde que o vi, ou melhor, desde que o senhor me viu, pois é assim que considera. Millarca, que ali está, é minha filha; não posso então ser jovem, mesmo na opinião de pessoas a quem o tempo ensinou a ser indulgentes, e posso não gostar de ser comparada com o que se lembra de mim. O senhor não está usando máscara. Não pode me oferecer nada em troca.

— Rogo sua empatia para que remova a máscara.

— E eu rogo ao senhor para deixá-la onde está.

— Bem, então, pelo menos, pode me dizer de que país veio, França ou Alemanha? A senhora fala ambas as línguas com muita perfeição.

— Acho que não lhe direi isso, general; o senhor planeja um ataque-surpresa, e foca o ponto fraco.

— Em todo caso, não vai negar — disse eu —, que sendo honrado com sua permissão para conversar, eu deveria saber como me dirigir à senhora. Devo chamá-la madame *La Comtesse*?

"Ela riu e, sem dúvida, continuaria sendo evasiva. Se, na realidade, eu pudesse ter tratado qualquer ocorrência em nossa conversa com a mais profunda astúcia, todas as circunstâncias que foram preestabelecidas, como agora acredito que foram, poderiam ser modificadas por acaso.

— Quanto a isso — começou ela; mas foi interrompida ao abrir os lábios, por um cavalheiro, vestido de preto, que parecia particularmente elegante e distinto, apenas com este inconveniente: o rosto dele era o mais pálido que eu já vi, exceto se comparado ao de alguma pessoa morta. Ele não usava máscara, vestia um traje liso e sofisticado; e disse, sem um sorriso, mas com uma pequena reverência cortês:

— Será que madame *La Comtesse* me permite dizer algumas palavras de seu interesse?

"A senhora logo se virou na direção do homem e tocou o lábio em sinal de silêncio, depois disse-me:

— Guarde o meu lugar para mim, general, voltarei assim que terminar esta conversa.

"E com essa ordem, dada de forma jocosa, ela se afastou um pouco com o cavalheiro de preto, e conversaram por alguns minutos, aparentemente falaram de um assunto bem sério. Eles, então, se afastaram lentamente juntos em meio à multidão, e eu os perdi de vista por alguns minutos.

"Passei o intervalo vasculhando minha mente em busca de uma conjectura sobre a identidade da senhora que parecia lembrar-se tão gentilmente de mim. Estava pensando em juntar-me à conversa entre minha querida Bertha e a filha da condessa e quem sabe, quando ela voltasse, eu talvez poderia ter uma surpresa reservada para ela, por ter descoberto seu nome, título, castelo e propriedades. Porém, nesse momento, ela voltou, acompanhada pelo homem pálido de preto, que disse:

— Voltarei e informarei a madame *La Comtesse* quando sua carruagem estiver à porta.

"Ele se retirou com uma reverência."

12

CAPÍTULO 12

O PEDIDO

— Então madame *La Comtesse* está partindo, mas espero que seja apenas por algumas horas — disse eu, com um meneio.

— Pode ser por algumas horas ou pode demorar algumas semanas. Foi muito azar ele ter falado comigo há alguns instantes, como fez. Então, já sabe quem sou, general?

"Garanti a ela que não, ainda não sabia.

— O senhor saberá — disse ela —, mas não no momento. Somos mais velhos e melhores amigos do que, talvez, o senhor suspeite. Ainda não posso dizer quem sou. Em três semanas o visitarei em seu belo *schloss*, tenho muita curiosidade a respeito dele. Então conversaremos por uma hora ou duas e renovaremos uma amizade repleta de mil lembranças agradáveis. Neste momento, uma notícia chegou a mim como um raio. Devo partir agora, e viajar por um caminho tortuoso, quase 160 quilômetros, com toda a rapidez que puder. Estou deveras perplexa. Estou dissuadida, pela reserva obrigatória que pratico quanto ao meu nome, de conferir ao senhor um pedido muito singular. Minha pobre filha ainda não recuperou suas forças. O cavalo caiu com ela, quando cavalgava para assistir a uma caçada, seus nervos ainda não se recuperaram do choque, e nosso médico disse que ela não deve, em caso algum, se esforçar por muito tempo. Em consequência, chegamos até aqui fazendo pausas do caminho; não seguíamos nem trinta quilômetros por dia. Devo viajar dia e noite, em uma missão de vida ou morte. Uma missão cuja natureza crítica e notável serei capaz de explicar ao senhor quando nos encontrarmos, como espero que aconteça, dentro de algumas semanas, sem a necessidade de quaisquer disfarces.

"Ela falava em um tom de alguém que concede um pedido, em vez de pedir algum favor. Parecia se expressar de forma inconsciente, talvez nada fosse mais apologético, induzindo-me a concordar em tomar conta da filha dela durante sua ausência.

"Levando tudo em consideração, era um pedido um tanto quanto estranho, para não dizer audacioso. De alguma forma, ela me desarmou, contando com meu cavalheirismo, afirmando e admitindo tudo o que podia ser instigado contra a situação. No mesmo momento, por uma fatalidade que parece ter predeterminado tudo o que aconteceu, minha pobre filha veio ao meu lado e, em voz baixa, pediu-me que convidasse sua nova amiga Millarca para nos fazer uma visita. As duas tinham acabado de conversar sobre isso e, se a mãe dela autorizasse, a jovem gostaria muito.

"Em outro momento, eu teria lhe dito para esperar um pouco, até, pelo menos, sabermos quem elas eram. Mas eu não tinha tempo para pensar. Fui encurralado pelas duas damas e, devo confessar, o rosto delicado e belo da jovem, que tinha um ar muito envolvente, assim como a elegância e o esplendor da nobreza me convenceram. E, bastante dominado, assumi, com demasiada facilidade, os cuidados da jovem, a quem a mãe chamava de Millarca.

"A condessa acenou para a filha, que ouviu com muita atenção enquanto ela lhe dizia, em termos gerais, quão repentina e categoricamente tinha sido convocada, e do arranjo que fizera para ela ficar sob meus cuidados, acrescentando que eu era um de seus mais antigos e valiosos amigos.

"Fiz, é claro, discursos que a situação parecia exigir, e me encontrei, refletindo, em uma posição que não me agradou nem um pouco.

"O cavalheiro de preto voltou e a conduziu para a saída em um gesto formal. O comportamento desse cavalheiro me impressionou com a convicção de que a condessa era uma dama de muito mais importância do que o seu modesto título teria me levado a assumir.

"A última advertência dela para mim foi que nenhuma tentativa deveria ser feita para aprender mais sobre ela do que eu já poderia ter adivinhado, até o seu regresso. O nosso ilustre anfitrião, de quem ela era convidada, conhecia suas razões.

— Porém, aqui — disse ela —, nem eu nem minha filha podemos ficar em segurança por mais de um dia. Com imprudência, tirei minha máscara por um momento, a cerca de uma hora atrás, e, tarde demais, pensei que o senhor tivesse me visto. Por isso resolvi procurar uma oportunidade de conversarmos um pouco. Se eu soubesse que o senhor vira meu rosto, teria me dedicado ao seu alto senso de honra para guardar meu segredo por mais algumas semanas. Assim sendo, estou satisfeita por não ter me visto; mas se suspeita ou, após refletir, vier a suspeitar quem eu sou, confio inteiramente, da mesma maneira, em sua honra. Minha filha guardará o mesmo segredo, e sei bem que, de tempos em tempos, o senhor a lembrará, para que não o revele por imprudência.

"Ela sussurrou algumas palavras para a filha, beijou-a apressadamente duas vezes e foi embora, acompanhada pelo cavalheiro pálido de preto, desaparecendo na multidão.

— No salão ao lado — disse Millarca — há uma janela que dá para a porta do corredor. Eu gostaria de ver mamãe, pela última vez, e acenar-lhe adeus.

"Nós consentimos, é claro, e a acompanhamos até a janela. Olhamos para fora e vimos uma bela carruagem à moda antiga, com uma tropa de mensageiros e criados. Vimos a figura magra do cavalheiro pálido de preto, enquanto segurava um grosso manto de veludo e o colocava sobre os ombros da condessa, arrumando o capuz sobre a cabeça dela. Ela acenou para ele com a cabeça, e apenas tocou-lhe a mão. Ele se curvou em mesura algumas vezes enquanto a porta se fechava, e a carruagem começou a se mover.

— Ela se foi — disse Millarca, com um suspiro.

— Ela se foi — repeti para mim mesmo, pela primeira vez, nos momentos apressados que se passaram desde o meu consentimento, refletindo sobre a loucura do meu ato.

— Ela nem olhou para cima — murmurou a jovem, chorosa.

— A condessa tinha tirado a máscara, talvez, e não quisesse mostrar o rosto — expliquei. — E ela não poderia saber que a senhorita estava na janela.

"Ela suspirou e olhou para mim. Millarca era tão bonita que me compadeci. Lamentei, por um momento, arrepender-me em recebê-la, e decidi compensá-la pela indelicadeza não confessada de minha recepção.

— A jovem, recolocando a máscara, juntou-se à minha pupila para me convencer a voltar ao pátio, onde o concerto logo retornaria. Então saímos e andamos pelo terraço que fica embaixo das janelas do castelo.

"Millarca ficou muito à vontade em nossa presença, e nos divertiu com os relatos e os causos animados da maioria das pessoas nobres que vimos ali. Passei a me afeiçoar mais por ela a cada minuto. Seus assuntos não passavam indelicadeza e eram muito divertidos para mim, que estava há tanto tempo afastado da sociedade. Pensei na alegria que ela daria às nossas noites, por vezes solitárias, em casa.

"O baile só acabou no dia seguinte quando o sol da manhã havia quase atingido o horizonte. O grão-duque ficou satisfeito por dançar o tempo todo, logo, as pessoas leais a ele não pensariam em dormir ou em ir embora.

"Tínhamos acabado de passar por um salão cheio de gente, quando Bertha me perguntou onde estava Millarca. Eu pensei que estivessem juntas, e ela imaginou que a jovem estivesse comigo. O fato é que a tínhamos perdido.

"Todos os meus esforços para encontrá-la foram vãos. Temia que Millarca tivesse confundido, na miscelânea de uma separação momentânea de nós, outras pessoas por seus novos amigos, e talvez os tivesse seguido e ficado perdida nas extensas terras abertas para os convidados.

"Reconheci uma nova loucura em ter assumido o encargo de uma jovem sem nem sequer saber seu nome; e, preso a promessas, por motivos de imposição que nada sabia, mal podia apontar minhas indagações, dizendo que a jovem desaparecida era a filha da condessa que partira poucas horas antes.

"A manhã chegou. Estava bem claro quando desisti de procurá-la. Já era quase duas horas do dia seguinte quando tivemos notícias de Millarca.

"Naquela altura, um criado bateu à porta da minha sobrinha, para dizer que ele tinha sido chamado por uma jovem, que parecia estar em grande aflição, para saber onde ela podia encontrar o barão general Spielsdorf e sua jovem filha, pois a mãe dela a havia deixado sob a responsabilidade deles.

"Não havia dúvida, apesar da ligeira imprecisão, de que nossa jovem amiga tinha aparecido. Quisera Deus que a tivéssemos perdido!

"Ela contou à minha pobre filha uma história explicando que havia nos procurado por várias horas. Muito tarde, disse ela, chegou ao quarto da governanta, desesperada para nos encontrar e, então, caiu em um sono profundo que, enquanto durou, mal foi suficiente para recuperar suas forças após o cansaço do baile.

"Naquele dia, Millarca voltou para casa conosco. Por fim, fiquei muito feliz por ter conseguido uma companheira tão encantadora para a minha querida menina."

13

CAPÍTULO 13

O LENHADOR

Porém, um pouco depois, algumas coisas estranhas aconteceram. Em primeiro lugar, Millarca queixou-se de uma extrema apatia, uma fraqueza decorrente da última vez que ficou enferma; e ela só saía do quarto já no meio da tarde. Em seguida, descobrimos por acaso, embora ela sempre trancasse a porta por dentro e nunca tirasse a chave do lugar, quando aceitou que uma criada a ajudasse durante o banho, que ela, sem dúvida, às vezes se ausentava do quarto de manhã bem cedo, e em vários momentos do dia, antes que ela desejasse tornar conhecido o fato de estar desperta. Foi vista pelas janelas do *schloss* repetidas vezes, sob o raiar cinza tênue da manhã, caminhando por entre as árvores, na direção leste, parecendo uma pessoa em transe. Isso me fez acreditar que ela andava enquanto dormia. Mas essa hipótese não resolveu o enigma. Como ela saiu do quarto, deixando a porta trancada por dentro? Como deixou a casa sem abrir a porta ou a janela?

"Espantado como estava, uma ansiedade sem tamanho tomou conta de mim.

"Minha querida Bertha começou a perder a beleza e a saúde de uma forma tão misteriosa, e até horrível, que eu fiquei completamente assustado. No início, ela tinha sonhos terríveis; depois, como ela imaginava, um espectro, às vezes parecido com Millarca, às vezes em forma de um animal, era indistintamente visto, andando ao pé da cama dela, de um lado para o outro.

"Por último vieram as sensações. Uma, não desagradável, mas muito peculiar, disse ela, parecia o fluxo de um riacho gelado contra o seu peito. Mais tarde, ela sentiu algo como um par de agulhas grandes lhe furarem, um pouco abaixo do pescoço, causando-lhe uma dor muito aguda. Algumas noites depois, sentiu uma sensação gradual e convulsiva de estrangulamento; depois, veio a inconsciência."

Eu podia ouvir claramente cada palavra que o gentil general estava dizendo, porque, naquele momento, estávamos passando pela grama curta que se estendia em ambos os lados da estrada até se aproximar da vila, cujos telhados arruinados mostravam que nenhuma chaminé funcionava ali há mais de meio século.

Você pode adivinhar como me senti estranha ao ouvir meus próprios sintomas tão exatamente bem descritos naqueles vivenciados pela pobre menina que, se não fosse pela catástrofe que se seguiu, teria feito, naquele momento, uma visita ao castelo de meu pai. Deve imaginar, também, como me senti ao ouvi-lo detalhar hábitos e peculiaridades misteriosas que eram, de fato, idênticos aos da nossa bela convidada, Carmilla!

Uma vista se abriu na floresta; de repente, estávamos sob as chaminés e as empenas da vila em ruínas, e das torres e ameias do castelo desmoronado, em torno do qual havia várias árvores gigantescas, pairando sobre nós com uma ligeira imponência.

Como se estivesse em um sonho assustador, desci da carruagem, em silêncio, pois tínhamos assuntos importantes para pensar; logo subimos e estávamos entre as câmaras espaçosas, escadas em espiral e corredores escuros do castelo.

— E essa foi outrora a residência palaciana dos Karnstein! — disse o velho general por fim e, de uma grande janela, olhou para a vila, e viu a ampla e ondulante extensão da floresta. — Era uma família ruim, e aqui suas memórias manchadas de sangue foram escritas — continuou ele. — É difícil aceitar que, após a morte, eles continuem a atormentar a raça humana com as suas luxúrias atrozes. Aquela é a capela dos Karnstein, ali embaixo.

Ele apontou para as paredes cinzentas do edifício gótico parcialmente visíveis através da folhagem, um pouco abaixo da escarpa.

— E ouço o machado de um lenhador — acrescentou ele —, ocupado entre as árvores que o rodeiam; talvez ele nos dê a informação que estou buscando e aponte o túmulo de Mircalla, a condessa de Karnstein. Estes rústicos preservam as tradições locais de grandes famílias, cujas histórias se apagam entre os ricos, os quais se apossam dos títulos assim que as próprias famílias se extinguem.

— Temos um retrato, em casa, de Mircalla, a condessa de Karnstein; gostaria de vê-lo? — perguntou meu pai.

— Em breve, caro amigo — respondeu o general. — Creio ter visto o original; e o motivo que me levou até o senhor, antes do que eu pretendia no início, foi explorar a capela da qual nos aproximamos neste instante.

— O quê? Ver a condessa Mircalla — exclamou meu pai. — Como? Ela está morta há mais de um século!

— Não tão morta como o senhor imagina — respondeu o general.

— Confesso, general, o senhor me confunde completamente — argumentou meu pai, olhando para ele, por um momento, com aquele traço de suspeita que eu imaginara ter detectado antes. Mas, embora houvesse raiva e repulsa, às vezes, na conduta do velho general, não havia nada de inconstante.

— Há ainda — disse ele enquanto passávamos sob o pesado arco da igreja gótica, cujas dimensões teriam justificado seu estilo — uma coisa que pode me interessar durante os poucos anos que me restam na Terra: causar-lhe vingança que, agradeço a Deus, ainda pode ser infligida por um braço mortal.

— O que quer dizer com vingança? — perguntou meu pai, em crescente espanto.

— Quero dizer, decapitar o monstro — respondeu ele, com um rubor intenso, e uma batida ecoou tristemente através da ruína oca, ao mesmo tempo em que o general levantou a mão fechada, como se agarrasse o cabo de um machado e o sacudisse ferozmente no ar.

— O quê? — exclamou meu pai, mais do que nunca, desnorteado.

— Arrancar a cabeça dela.

— Arrancar a cabeça?

— Sim, com um machado, uma pá, ou com qualquer coisa que possa cortar a cabeça da assassina. O senhor ouvirá — respondeu ele, tremendo de raiva. E, apressado, continuou: — Esta viga pode servir de assento para sua querida filha que está cansada; deixe-a sentar, e eu, com algumas frases, encerrarei minha terrível história.

O bloco quadrado de madeira, posicionado sobre o chão coberto de relva da capela, formava um banco no qual fiquei satisfeita em sentar-me. Enquanto isso, o general chamou o lenhador, que estava removendo alguns galhos enroscados nas paredes decrépitas, e, com o machado na mão, o senhor velho e corpulento se aproximou de nós.

Ele não sabia nada sobre aqueles túmulos; mas havia um velho, disse ele, o guarda-florestal da região, que atualmente morava na casa do clérigo, a cerca de três quilômetros de distância, que podia indicar cada túmulo da antiga família Karnstein; e, por algum trocado, ele se comprometeu a buscá-lo, se nós lhe emprestássemos um de nossos cavalos, e em pouco mais de meia hora estaria de volta.

— O senhor trabalha há muito tempo nesta floresta? — perguntou meu pai ao velho.

— Sou o lenhador aqui — respondendo em seu dialeto — sob às ordens do guarda-florestal, desde sempre; e assim também foi meu pai antes de mim, e por várias gerações da minha família. Posso mostrar-lhes a casa aqui na vila, onde meus antepassados viveram.

— Como a vila ficou deserta desse jeito? — perguntou o general.

— Foi devastada pelos fantasmas, senhor. Os aldeões conseguiram caçar alguns nas sepulturas e, usando os costumes antigos, os decapitaram, atearam fogo e mataram com estacas; mas, mesmo assim, muitos dos aldeões pereceram.

"Mas, depois de todos esses acontecimentos — continuou ele —, os túmulos ficaram abertos, os mortos foram privados de seu descanso e a vila não escapou. Um nobre morávio, que, por acaso, estava viajando pela região, tendo certas habilidades nesses assuntos — como muitas pessoas em seu país —, ofereceu-se para livrar a vila de seu algoz. Assim ele fez. A lua brilhava no céu, naquela noite. O morávio, então, um pouco depois do pôr do sol, subiu até a torre da capela, de onde ele conseguia ver todo o cemitério abaixo — é possível vê-lo agora por aquela janela. Dali, ele observou até ver um vampiro sair do túmulo, deixar de lado a mortalha com a qual havia sido enterrado e, então, seguir, como se flutuasse, em direção à vila para atormentar os habitantes.

"O estranho, tendo visto tudo isso, desceu do campanário, pegou a mortalha e levou-a até o topo da torre. Quando o vampiro voltou de suas andanças e não a encontrou, gritou furioso para o morávio no cume da torre; ele, em resposta, acenou para que o vampiro subisse e fosse buscá-la. O vampiro, aceitando o convite, começou a subir o campanário, e, assim que chegou às ameias, o morávio, com um golpe de espada, partiu-lhe o crânio em dois, lançando a criatura ao adro. Em seguida, descendo pelas escadas sinuosas, o estranho seguiu até lá e cortou a cabeça do vampiro; no dia seguinte, entregou a cabeça e o corpo da criatura aos aldeões, aquela foi empalada e queimada.

"O nobre morávio tinha a permissão do então patriarca da família para remover o túmulo de Mircalla, condessa de Karnstein, o que ele fez efetivamente, de modo que, em pouco tempo, o local foi completamente esquecido."

— Pode mostrar onde era? — perguntou o general, ansioso.

O lenhador balançou a cabeça e sorriu.

— Nem uma viva alma poderia dizer hoje em dia — respondeu ele. — Além disso, alguns dizem que o corpo dela foi removido, mas ninguém está certo disso também.

Tendo dito isso, ele largou o machado e partiu, deixando-nos a ouvir o resto da estranha história do general.

14

CAPÍTULO 14

O ENCONTRO

O general então, continuou contando sua história:

— A saúde de minha querida filha começou a piorar muito rápido. O médico que a atendia não conseguiu descobrir nada sobre a doença. Ele viu o meu desespero e sugeriu que tivéssemos uma segunda opinião. Com isso, chamei um médico mais qualificado de Gratz.

"Passaram-se vários dias antes de o outro médico chegar. Ele era um homem bondoso, devoto e culto. Tendo examinado juntos minha pobre pupila, retiraram-se para a biblioteca a fim de deliberar. Eu aguardava na sala adjacente quando ouvi as vozes dos dois cavalheiros crescerem em uma discussão estritamente filosófica. Eu bati à porta e entrei. Encontrei o velho médico de Gratz impondo sua teoria. O rival estava a combatê-la sem disfarçar o tom de escárnio acompanhado de gargalhadas. Os dois ficaram mudos com minha chegada.

— Meu distinto colega parece pensar que o senhor precisa de um curandeiro, e não de um doutor — disse o primeiro médico.

— Perdoe-me — disse o velho médico de Gratz, um tanto aborrecido —, de qualquer forma, apresentarei minha própria visão do caso à minha maneira. Eu lamento, senhor general, não conseguir ser mais útil com meu conhecimento e habilidade. Antes de ir, ficarei honrado em sugerir uma coisa.

"Ele parecia pensativo, sentou-se à escrivaninha e começou a escrever.

"Profundamente desapontado, fiz uma reverência, e, quando me virei para sair, o outro médico apontou por cima do ombro para o seu companheiro que estava escrevendo e, demonstrando descaso, tocou significativamente a própria testa.

"Essa consulta me deixou na mesma situação. Saí distraído para andar pelo jardim. O médico de Gratz, em dez ou quinze minutos, me alcançou. Ele pediu desculpas por ter me seguido, mas disse que não poderia ir embora sem dizer mais algumas palavras. Afirmou-me que não podia estar enganado, nenhuma doença natural apresentava os mesmos sintomas, e a morte já estava muito próxima. Restava apenas um dia de vida, ou talvez dois. Se a convulsão fatal fosse interrompida, com muito cuidado e habilidade, a força de Bertha poderia retornar. Porém, tudo dependia dos limites do irrevogável: mais um ataque poderia extinguir a última centelha de vitalidade que estava, a cada momento, prestes a morrer.

— E qual a natureza dessa convulsão? — perguntei.

— Escrevi tudo o que precisa saber nesta carta, que entrego em suas mãos com a condição de que mande chamar o clérigo mais próximo e abra-a na presença dele; e em nenhuma hipótese a leia sem que ele esteja presente, o senhor desprezaria a informação, é uma questão de vida ou morte. Se o clérigo não vier, então, de fato, poderá ler a carta.

"Antes de partir, ele me disse que, quando eu lesse a carta, ficaria bastante interessado em conversar com alguém com mais conhecimento no assunto, então poderia chamá-lo novamente.

"O clérigo estava ausente, então li a carta sozinho. Em outro momento, ou em outra situação, eu não levaria o fato a sério. Mas as pessoas não procuram charlatães como último recurso, quando todos os meios mais comuns falharam, e a vida daquele a quem amamos está em jogo? Nada, o senhor dirá, poderia ser mais absurdo do que a carta do homem erudito.

"O conteúdo da carta era muito monstruoso, o suficiente para mandá-lo para um manicômio. Dizia que a paciente sofria com as visitas de um vampiro! As perfurações que ela descreveu sentir no pescoço, foram, insistiu ele, a inserção daqueles dois dentes longos, finos e afiados que, como temos conhecimento, são particulares aos vampiros; e, não há dúvida, acrescentou, quanto à presença bem definida da pequena marca lívida que todos concordaram em descrever como aquela induzida pelos lábios do demônio, e cada sintoma descrito pela doente estava em exata conformidade com aqueles registrados em cada caso de uma visita semelhante.

"Sendo eu mesmo totalmente cético quanto à existência de qualquer agouro como um vampiro, a teoria sobrenatural do doutor não forneceu, em minha opinião, nada além de associar o caso com alucinação. Porém, eu estava tão infeliz que, em vez de nada tentar, agi de acordo com as instruções da carta.

"Escondi-me no quarto de vestir escuro, que se abria para o quarto da pobre paciente, no qual uma vela estava acesa, e fiquei ali, observando até que ela estivesse dormindo profundamente. Permaneci próximo à porta, espreitando pela pequena fenda, a minha espada sobre a mesa ao meu lado, como as instruções indicavam. Um pouco depois da uma hora, vi um grande objeto preto, muito indistinto, rastejar, como me parecia, sobre o pé da cama, e rapidamente se estender até o pescoço da pobre menina, quando se transformou em uma grande massa palpitante.

"Durante alguns minutos, fiquei paralisado. Então saltei para a frente, com minha espada na mão. A criatura escura de repente se contraiu em direção ao pé da cama, deslizou e ficou de pé no chão; cerca de meio metro mais à frente, com um olhar feroz e cruel fixo em mim, vi Millarca. Sem esperar, desferi minha espada em direção a ela no mesmo instante; mas a vi de pé perto da porta, incólume. Horrorizado, ataquei outra vez. Ela tinha desaparecido, e minha espada vibrava presa na porta.

"Não posso descrever tudo o que aconteceu naquela noite horrível. Todos na casa acordaram e estavam agitados. O espectro de Millarca havia desaparecido. Mas minha filha piorava cada vez mais e, antes do amanhecer, ela morreu."

O velho general estava agitado. Não dissemos uma palavra. Meu pai caminhou uma pequena distância e começou a ler as inscrições nas lápides; assim, distraído, entrou na porta de uma capela lateral para prosseguir com suas averiguações. O general encostou-se à parede, secou os olhos e respirou fundo. Fiquei aliviada ao ouvir as vozes de Carmilla e madame Perrodon, que, naquele momento, se aproximavam. As vozes cessaram.

Nesse silêncio, tendo acabado de ouvir uma história tão estranha, conectada com aqueles nobres mortos — cujos monumentos mofavam em meio ao pó e à hera à nossa volta — e com cada incidente que se abateu terrivelmente sobre meu próprio caso misterioso, um pavor começou a me dominar; neste lugar assombrado, escurecido pela folhagem que se erguia de todos os lados, densa e alta acima das paredes silenciosas. E meu coração pesou quando pensei que minhas amigas estavam, afinal, prestes a entrar e a perturbar aquela cena triste e tenebrosa.

Os olhos do velho general estavam fixos no chão, enquanto ele se apoiava em uma tumba estilhaçada.

Sob um portal estreito e arqueado, esculpido com figuras demoníacas e grotescas, vi, com muito prazer, a figura de Carmilla, com sua bela face, entrar na capela sombria.

Eu estava prestes a me levantar e a falar, acenei sorrindo, em resposta ao seu peculiar sorriso envolvente; quando, com um grito, o velho ao meu lado pegou o machado do lenhador e começou a avançar. Ao vê-lo, uma mudança brusca caiu sobre o semblante de Carmilla. Foi uma transformação instantânea e horrível, e ela deu um passo para trás, abaixando-se. Antes que eu pudesse gritar, ele bateu nela com toda a força, mas Carmilla desviou do golpe e, ilesa, agarrou-o pelo pulso. Ele lutou por um momento para soltar o braço, mas sua mão se abriu, o machado caiu no chão, e a garota se foi.

Ele cambaleou contra a parede. Seus cabelos grisalhos estavam bagunçados, e o suor brilhava em seu rosto, como se ele estivesse prestes a morrer. A cena assustadora aconteceu muito rápido. A primeira coisa de que me lembro depois, é madame Perrodon estar diante de mim e repetir, impaciente, a pergunta:

— Onde está mademoiselle Carmilla?

Respondi por fim:

— Não sei, não sei. Ela saiu por ali neste mesmo instante. — E apontei para a porta por onde madame tinha acabado de entrar.

— Mas eu estava ali, na passagem, desde que mademoiselle Carmilla entrou; e ela não voltou.

Ela, então, começou a chamar Carmilla através de todas as portas, passagens e janelas, mas nenhuma resposta veio.

— Ela se apresentou como Carmilla? — perguntou o general, ainda agitado.

— Carmilla, sim — respondi.

— Claro — disse ele —, vem de Millarca. Essa é a mesma pessoa que há muito tempo se chamava Mircalla, a condessa de Karnstein. Vá embora deste solo amaldiçoado, minha pobre criança, o mais rápido que puder. Siga até a casa do clérigo e fique lá até chegarmos. Vá embora! Que nunca mais veja Carmilla, a senhorita não a encontrará aqui.

15

CAPÍTULO 15

PROVA E EXECUÇÃO

Enquanto ele falava, um dos homens mais estranhos que já vi entrou na capela pela porta por onde Carmilla tinha entrado e saído. Ele era alto, de tórax estreito, tinha o andar curvado, os ombros largos e vestia-se de preto. O seu rosto era escuro e seco, com sulcos profundos, e usava um chapéu de forma estranha com a aba larga. O cabelo, comprido e grisalho, chegava até os ombros. Usava um par de óculos dourado e caminhava devagar, com um andar cambaleante estranho, o rosto às vezes voltado para o céu, e às vezes curvado para o chão, parecia ter um sorriso perpétuo; seus braços longos e magros balançavam, e as mãos esguias, com velhas luvas pretas que pareciam muito largas, acenavam e gesticulavam em total consternação.

— Vejam só! — exclamou o general, avançando com deleite estampado no rosto. — Meu caro barão, como estou feliz em vê-lo, não tinha esperança de encontrá-lo tão cedo.

Ele acenou para meu pai, que a essa altura já tinha regressado, e o conduziu até o admirável cavalheiro, a quem ele chamou de barão. As apresentações formais foram feitas e eles iniciaram uma conversa aguçada. O estranho pegou um rolo de papel do bolso e o abriu sobre a superfície desgastada de um túmulo próximo. Com os dedos, traçou linhas imaginárias de ponta a ponta no papel, que, a partir de seus olhares para certos pontos do edifício, concluí ser um mapa da capela. Ele acompanhou, se assim posso chamar, sua palestra, com leituras ocasionais de um livrinho sujo, cujas folhas amarelas estavam todas escritas.

Eles caminharam juntos pelo corredor lateral, em frente ao lugar onde eu estava, conversando enquanto seguiam; depois, começaram a medir distâncias por passos e, finalmente, pararam juntos, de frente para uma parede lateral, e começaram a examinar com grande minúcia, arrancando a hera que se agarrava a ela, raspando o gesso com pedaços de madeira, cutucando aqui e batendo ali. Após um tempo, verificaram a existência de uma larga tábua de mármore, com letras gravadas em relevo sobre ela.

Com a ajuda do lenhador, que logo retornou, uma inscrição monumental e um escudo entalhado foram revelados. Confirmaram ser os mesmos do monumento há muito perdido de Mircalla, a condessa de Karnstein.

O velho general, embora não tenha o costume de fazer orações, como eu imagino, levantou as mãos e os olhos para o céu, por alguns instantes, em um mudo agradecimento. Eu o ouvi dizer:

— Amanhã o comissário estará aqui, e a Inquisição será realizada de acordo com a lei.

Então, voltando-se para o velhote com os óculos dourados, ele o cumprimentou com ambas as mãos em um aperto caloroso e disse:

— Barão, como posso agradecer-lhe? Como podemos todos agradecer-lhe? O senhor libertará esta região de uma praga que flagelou os habitantes durante mais de um século. O horrível inimigo, graças a Deus, foi finalmente encontrado.

Meu pai conduziu o estranho para o lado e o general seguiu-o. Sei que ele os afastou para que não pudéssemos ouvi-los, para que pudesse relatar o meu caso, notei que olharam de relance para mim, enquanto a discussão prosseguia.

Meu pai veio até mim, beijou-me repetidas vezes e, conduzindo-me à capela, disse:

— É hora de voltar, mas antes de irmos para casa, devemos buscar o clérigo para que ele vá conosco. Ele mora próximo daqui, e devemos convencê-lo a acompanhar-nos até o *schloss*.

Nessa busca, fomos bem-sucedidos. Fiquei contente, estando incrivelmente fatigada quando chegamos em casa. Contudo, minha satisfação mudou para consternação, ao descobrir que não havia notícias de Carmilla. Da cena que ocorrera na capela em ruínas, nenhuma explicação me foi dada, e ficou claro que era um segredo que meu pai estava determinado a guardar.

A ausência assustadora de Carmilla tornou a lembrança da cena mais horrível para mim. Os arranjos para a noite foram singulares. Duas criadas e madame Perrodon ficaram responsáveis por fazer a vigília em meu quarto naquela noite; o clérigo e meu pai vigiariam o quarto contíguo.

O clérigo tinha realizado certos ritos solenes naquela noite, cuja finalidade eu não entendia mais do que compreendia a razão dessa extraordinária precaução tomada para a minha segurança durante o sono.

Consegui enxergar toda a verdade alguns dias depois.

O desaparecimento de Carmilla foi seguido pela interrupção dos meus sofrimentos noturnos.

Com certeza, você já ouviu falar da terrível superstição que prevalece na alta e na baixa Estíria, na Morávia, na Silésia, na Sérvia turca, na Polônia e até mesmo na Rússia. É mais conhecida como a superstição do vampiro.

Quando o testemunho de alguém é ouvido com todo o cuidado e seriedade — em juízo, perante inúmeras comissões, cada uma constituída por muitos membros, todos escolhidos pela integridade e inteligência, e passa a compor relatórios volumosos, maiores talvez do que os autos existentes sobre qualquer outra classe de casos — ele vale qualquer coisa; e fica difícil negar ou mesmo duvidar da existência de um fenômeno como o vampiro.

Da minha parte, não ouvi nenhuma teoria para explicar o que eu mesma testemunhei e experimentei, a não ser aquela fornecida pela crença antiga e bem comprovada do país.

No dia seguinte, o processo formal teve lugar na capela de Karnstein.

O túmulo da condessa Mircalla foi aberto, o general e meu pai reconheceram a convidada, bela e pérfida, no rosto agora revelado. Embora já tivesse se passado 150 anos desde o enterro dela, o semblante ainda mantinha o calor da vida. Os olhos dela estavam abertos, e nenhum cheiro cadavérico exalou do caixão. Os dois médicos, um oficialmente presente, o outro por parte do promotor do inquérito, atestaram o assombroso fato de que havia uma respiração tênue, mas notável, e o coração parecia pulsar. Os membros estavam perfeitamente flexíveis, a pele, elástica; e o corpo, imerso no sangue que inundava o caixão de chumbo.

Ali, então, estavam admitidos todos os sinais e provas de vampirismo. O corpo, portanto, de acordo com a antiga prática, foi levantado, e uma estaca afiada foi cravada no coração da vampira, que deu um grito agudo no mesmo instante, tal como faria uma pessoa viva em seu último momento de agonia. Então a cabeça foi arrancada, e uma torrente de sangue correu do pescoço cortado. O corpo e a cabeça foram, em seguida, colocados sobre uma pilha de madeira e reduzidos a cinzas, as quais foram jogadas no rio que os carregou para longe. Aquele território nunca mais foi atormentado, desde então, pelas visitas de um vampiro.

Meu pai tem uma cópia do relatório da Comissão Imperial, com as assinaturas de todos os que estiveram presentes no processo, anexadas na declaração. É a partir desse documento oficial que resumi meu relato sobre esta última cena chocante.

16

CAPÍTULO 16

CONCLUSÃO

Você deve imaginar que escrevo tudo isso com compostura. Mas, longe disso, não consigo pensar no assunto sem ficar conturbada. Nada além do seu desejo sincero, tão repetidamente expresso, poderia ter me induzido a sentar-me para uma tarefa que desequilibrou meus nervos durante meses, e reintroduziu uma sombra do horror indescritível — que anos depois da minha libertação, continuou a tornar os meus dias e noites terríveis — e da solidão insuportavelmente angustiante.

Deixe-me acrescentar uma ou duas palavras sobre aquele excêntrico barão Vordenburg, cuja curiosa tradição é responsável pela descoberta do túmulo da condessa Mircalla.

Ele havia estabelecido residência em Gratz, onde, vivendo com uma ninharia, tudo o que lhe restava das propriedades outrora principescas da sua família, na alta Estíria, dedicou-se à minuciosa e laboriosa investigação da tradição notavelmente autenticada do vampirismo. Tinha sempre em mãos todas as grandes e pequenas obras sobre o assunto.

Magia Posthuma, *Phlegon de Mirabilibus*, *Augustinus de cura pro Mortuis*, *Philosophicae et Christianae Cogitationes de Vampiris*, de Johann Christoph Harenberg; e mil outros, entre os quais me lembro apenas de alguns que ele emprestou ao meu pai. Ele tinha um volumoso resumo de todos os casos judiciais, dos quais extraiu um sistema de princípios que parecem determinar — alguns sempre, e outros apenas ocasionalmente — a condição do vampiro. Posso mencionar, de passagem, que a palidez mortal atribuída a esse tipo de criatura é uma mera ficção melodramática. Eles a apresentam no túmulo, mas, quando se mostram em meio à sociedade humana, têm a aparência de uma vida saudável. Quando revelados à luz em seus caixões, exibem todos os sintomas enumerados como aqueles que provaram a vida vampira da condessa de Karnstein, morta há muito tempo.

A forma como escapam e regressam aos seus túmulos durante certas horas por dia, sem remexer a terra ou deixar qualquer vestígio no caixão ou na mortalha, sempre foi admitida como totalmente inexplicável. A dúplice existência do vampiro é sustentada por um sono renovado diariamente na sepultura. Seu horrível desejo por sangue supre o vigor da sua existência quando acordado. O vampiro tende a se sentir fascinado, com uma veemência sedutora, semelhante à paixão do amor, por certas pessoas. Em sua busca, será paciente e exercerá estratagemas inesgotáveis, pois o acesso a um determinado objeto pode ser obstruído de centenas de maneiras. Nunca desistirá até ter saciado sua paixão e drenado a vida da cobiçada vítima. Nesses casos, vai administrar e prolongar seu prazer assassino, com o refinamento de um epicurista, e elevá-lo pela aproximação gradual de um cortejo astuto. Nessas ocasiões, parece ansiar por algo como simpatia e consentimento. Em vítimas consideradas comuns, vai direto ao seu objeto, dominando-o com violência, sufocando-o e exaurindo-o frequentemente em um único banquete.

O vampiro está, aparentemente, sujeito, em certas situações, a condições especiais. No caso particular que lhe contei, Mircalla parecia estar limitada a um nome que, se não o seu verdadeiro, deveria pelo menos reproduzir, sem omissão ou acréscimo de uma única letra, aquelas, como dizemos, anagramáticas que o compõem.

Carmilla fez isso; Millarca também.

Meu pai contou ao barão Vordenburg, que permaneceu conosco por duas ou três semanas após a expulsão de Carmilla, a história do nobre morávio e o vampiro no cemitério de Karnstein e, então, perguntou ao barão como tinha descoberto a posição exata do túmulo há muito escondido da condessa Mircalla. A feição grotesca do barão se abriu em um sorriso misterioso; ele olhou para baixo, ainda sorrindo para o estojo desgastado dos óculos, remexendo o objeto. Depois, olhando para cima, disse:

— Tenho muitos diários, e outros artigos, escritos por aquele homem notável; o mais curioso entre eles é aquele que trata da visita a Karnstein. A tradição, é claro, foi um pouco distorcida. Ele poderia ter sido chamado de nobre morávio, pois havia mudado sua morada para aquele território e era, além disso, um nobre. Mas ele era, na verdade, um nativo da alta Estíria. Basta dizer que, desde muito jovem, tinha sido um apaixonado e amante privilegiado da bela Mircalla, a condessa de Karnstein. A morte precoce dela o deixou em um luto inconsolável. É da natureza dos vampiros se multiplicar, mas de acordo com uma lei firme e fantasmagórica.

"Imagine, por exemplo, um território perfeitamente livre dessa praga. Como se inicia e se multiplica? Eu lhe digo. Uma pessoa, um pouco cruel, põe um fim a si mesma. Um suicida, sob certas circunstâncias, torna-se um vampiro. Esse espectro visita as pessoas vivas durante o sono; elas morrem e, quase invariavelmente, no túmulo, tornam-se vampiros. Isso aconteceu no caso da bela Mircalla, que foi assombrada por um desses demônios. Meu antepassado, Vordenburg, cujo título ainda carrego, logo descobriu isso e, no decorrer dos estudos a que ele se dedicou, aprendeu muito mais.

"Entre outras coisas, ele concluiu que a suspeita de vampirismo provavelmente cairia, mais cedo ou mais tarde, sobre a condessa morta, que em vida tinha sido sua heroína. Ele concebeu o horror, seja ela o que fosse, de seus restos mortais serem profanados pelo ultraje de uma execução póstuma. Ele deixou um curioso escrito para provar que o vampiro, ao ser expulso de sua dúplice existência, é projetado em uma vida muito mais horrível; e resolveu salvar sua outrora amada Mircalla disso.

"Ele adotou o estratagema de uma viagem até aqui, com uma remoção fingida dos restos mortais dela e uma verdadeira obliteração do túmulo. Quando ficou mais velho, ele se lembrou das cenas que estava deixando, considerou, em um estado de espírito diferente, o que tinha feito e o horror se apossou dele. Então, fez os mapas e notas que me guiaram até o local e deixou uma confissão do engano que havia cometido. Se ele pretendia qualquer outra ação nesse assunto, a morte o impediu; e a mão de um descendente remoto, tarde demais para muitos, dirigiu a perseguição para o covil da criatura."

Conversamos um pouco mais, e, entre outras coisas, ele disse o seguinte:

— Um sinal do vampiro é o poder que ele tem nas mãos. A mão esguia de Mircalla se fechou como uma haste de aço no pulso do general quando ele levantou o machado para atacar. Mas esse poder não se limita ao aperto; deixa uma dormência no membro agarrado, que demora algum tempo para se recuperar, quando se recupera.

Na primavera seguinte, meu pai me levou para a Itália. Ficamos lá por mais de um ano. Demorou muito para que o assombro dos acontecimentos recentes diminuísse; e, ainda hoje, a imagem de Carmilla volta à memória com alternâncias ambíguas — às vezes, como a menina brincalhona, lânguida e bela; às vezes, como o demônio contorcido que vi na igreja em ruínas; e, muitas vezes, tinha um devaneio, imaginando ouvir os passos leves de Carmilla na porta da sala de visitas.